國家社科基金重大委托項目"《子海》整理與研究"成果

山東省社科規劃重大委托項目成果

子海精華編

主編 王承略 聶濟冬

捫虱新話

[南宋] 陳善 撰 袁向彤 點校

山東人民出版社·濟南

國家一級出版社 全國百佳圖書出版單位

圖書在版編目（CIP）數據

捫虱新話/（南宋）陳善撰；袁向彤點校. --濟南：山東人民出版社，2018.9
（子海精華編/王承略，聶濟冬主編）
ISBN 978－7－209－11538－4

Ⅰ．①捫… Ⅱ.①陳… ②袁… Ⅲ.①筆記小說—中國—南宋 Ⅳ.①I242.1

中國版本圖書館 CIP 數據核字（2018）第 180039 號

責任編輯：劉嬌嬌
封面設計：武　斌

捫虱新話
MENSHI XINHUA
［南宋］陳善 撰　袁向彤 點校

主管部門　山東出版傳媒股份有限公司
出版發行　山東人民出版社
出 版 人　胡長青
社　　址　濟南市英雄山路 165 號
郵　　編　250002
電　　話　總編室（0531）82098914
　　　　　市場部（0531）82098027
網　　址　http：//www. sd－book. com. cn
印　　裝　山東臨沂新華印刷物流集團有限責任公司
經　　銷　新華書店

規　　格　32 開（148mm×210mm）
印　　張　8
字　　數　150 千字
版　　次　2018 年 9 月第 1 版
印　　次　2018 年 9 月第 1 次
ISBN 978－7－209－11538－4
定　　價　52.00 圓
　　　　　如有印裝質量問題，請與出版社總編室聯繫調換。

國家社科基金重大委托項目"《子海》整理與研究"成果之一

《子海精華編》

工作委員會

主　　任：樊麗明　王清憲

副 主 任：李建軍　胡金焱　劉致福　張志華

委　　員（按姓氏筆畫排列）：

王　飛　王　偉　王君松　王學典　方　輝　巴金文

邢占軍　杜　福　李平生　李劍峰　吳　臻　胡長青

孫鳳收　陳宏偉　劉丕平　劉洪渭

編纂委員會

學術顧問：安平秋　周勛初　葉國良　林慶彰　池田知久

總 編 纂：鄭傑文（首席專家）　王培源

副總編纂：王承略　劉心明

委　　員（按姓氏筆畫排列）：

王　瑋　王　震　王小婷　王國良　李　梅　李士彪

李玉清　何　永　宋開玉　苗　菁　郝潤華　姜　濤

馬慶洲　秦躍宇　高海安　陳元峰　黃懷信　張　兵

張曉生　單承彬　蔡先金　漆永祥　鄧駿捷　劉　晨

聶濟冬　蘭　翠　寶秀豔

《子海精華編》出版説明

　　“子海”，即“子書淵海”的簡稱。“《子海》整理與研究”課題係國家社科基金重大委托項目、山東省社科規劃重大委托項目。該課題分《珍本編》《精華編》《研究編》《翻譯編》四個版塊，力圖把子部珍稀文獻、精華文獻進行深層次的整理、研究和譯介，挖掘子部文獻的價值，促進子學研究的發展。

　　山東大學向來以文史見長。古籍整理與子學研究，是其中的傳統研究方向。“《子海》整理與研究”，是在山東大學前輩學者高亨先生積三十年之力陸續做成的《先秦諸子研究文獻目録》的基础上，由已故著名古籍整理與研究專家董治安先生參與策劃、設計的大型綜合研究課題。課題立項後，得到了宣传部、教育部、財政部、山東省政府和山東大學的大力支持，學界同仁踴躍參與。《精華編》的整理研究團隊近兩百人，來自海内外四十八所高校和研究機構。在組織管理上，《精華編》努力探索傳統文化研究協同創新的新體制、新機制，現已呈現出活力和實效。

　　華夏文明是由多元文化構築而成的。中國古代子部典籍，以歷代士人個性化作品的形式，系統性地展示了華夏民族的世界觀和方法論，立體性地反映了中華民族對世界文明發展的貢獻。其中，無論是宏篇大論，還是叢殘小語，都激蕩着歷史的聲音，閃爍着智慧的光芒，構成中國古代思想、藝術、科技和生活方式的主體內容。《精華編》通過對子部最優秀的典籍的整理，一方面擷英取粹，爲華夏文明的傳播提供可靠的資源和文本；另一方面以古鑒今，爲當下社會的發展提供智力支持和精神支撐。並希望進而梳理中華傳統文化的多元結構，繼承中華優秀傳統文化的一貫文脈。

根據漢代以後子學發展和子部典籍的實際情況，參照官私目錄的分類與著錄，《精華編》選取先秦諸子、儒學、兵家、法家、農家、醫家、曆算、術數、藝術、雜家、小説家、譜錄、釋道、類書等十四個類目的要籍幾百種，編爲目錄，作爲整理的依據，而在成果展現上則不出現具體的類目。爲統一體例，便於工作，《精華編》編有詳細的《整理細則》，并有簡明的《整理要則》，供整理者遵循使用。

《精華編》整理原則是，對每種子書的整理，突出學術性、資料性和創新性，力求吸納已有的整理成果，推出更具參考價值、更方便閱讀的整理文本。所采用的整理方式，大體有三種：一、部頭較大且前人未曾整理者，采用標點、校勘的方式整理；二、前人曾經標點、校勘者，或采用抽換更好或別具學術特色底本的方式整理，或采用集校、集注的方式整理，或采用校箋、疏證的方式整理,或綜合使用以上方式;三、前人已有較好的注本者,則采用集注、彙評、補正等方式整理。

《精華編》采用五次校審、遞進推動的管理程式,即:一、初校全稿。子海編纂中心組織碩、博研究生,修改文稿錯别字,規範異體字,調整格式,發現並標明校點中的不妥之處。二、初審文稿。子海編纂中心的編纂人員根據情況,解決初校時發現的問題,並判斷書稿的整體質量。三、匿名評審。聘請資深教授通審全稿,全面進行學術把關,消滅硬傷,寫出審稿意見。四、修改文稿。子海編纂中心及時把專家審稿意見反饋給整理者。整理者根據審稿意見修改,做出新文稿。五、終審文稿。待新文稿返回子海編纂中心後,總編纂做最後的學術質量把關。五步程序完成後,將文稿交付出版社。

五次校審的目的是爲了保證學術質量,提高整理水平,減少錯訛硬傷。但校書如掃塵埃落葉,隨掃隨有,《精華編》雖經多道程序嚴加把關,仍難免有錯,懇請方家不吝指教。子海編纂中心將及時總結經驗,吸取教訓,把工作做得更好,以實現課題設計的初衷。

目　録

整理説明

一、陳善生平與主要著述

陳善，字子兼，南宋福州羅源（今屬福建）人，生卒年不詳。自幼天資穎悟，紹興間（1131—1162）爲太學生，紹興三十年（1160）登進士第（淳熙《三山志》卷一二八），乾道五年（1169）貢舉時，以從九品左迪功郎的資格參與"點檢試卷"的考試，授太學録，未就而卒，疑卒於乾道五年。他的學問兼涉諸子百家、佛道、陰陽卜算、農圃等。《全宋詞》第四册收録有其零散詞句，《全宋詩》卷二三九六、卷二六七六分别收録其詩。《捫虱新話》二集，上集曾單行，稱《窗間紀聞》，至南宋時定稿，改書名爲《捫虱新話》。書前有陳益序，末有作者跋。《捫虱新話》的命名緣於魏晉風度，當時名士服石行散時因不敢洗澡，易生虱子。衣物裏挾着濃郁的體味，是六朝"捫虱而談"玄理的士大夫風度，作者以此爲風雅。全書以考論經史詩文爲主，兼及雜事，分門別類，一事一題，共二百則。

二、内容與學術、文學價值

《捫虱新話》内容涉及政治、文學，品評時政、詩文，
闡述儒經佛道，介紹花卉等知識。陳善勘質群書，持論較公
允，具有獨立的學術精神和大膽的質疑態度。陳善較多肯定
王安石新政而於司馬光的反對新法表示不滿，甚至肯定蔡京
新政。在政治上對舊党人物包括蘇軾有所詆毀，再加上他的
許多觀點異於傳統觀念，如認爲江西宗師在孔子之上，因此
清代紀昀稱之爲"持論尤多舛駁，大旨以佛氏爲正道，以王
安石爲宗主""顛倒是非，毫無忌憚"（《四庫全書總目提
要》）。後世多沿用此説。但善之政治觀、文學觀較爲辯証，
臧否人物並不极端。對於王安石、歐陽修、蘇軾等均能立足
於特定的角度予以客觀的評價，既有詆毀，又有盛譽之辭，
並不像紀昀所講其不得志著書的原因是"紹述餘黨之子孫"。
其他像"左氏、孟子、司馬遷、揚雄失《論語》之意""孟
子之書難讀"，敢於質疑群書，而"治國若烹鮮"批判了司
馬遷的思想。

（一）品評政事及政界人物

陳善見解独立，對於重要的政治人物能够兼及其文學等

方面做全面的評價，既有肯定也有批評。對於參與永貞革新
的柳宗元，陳善既指其有"朋黨"之罪，又指其"善有不可
掩者"，並能"獨念子厚之賢"，爲之淵藪，表現出真知灼
見。對於王安石，陳善認爲他是"一世異人"（"免役之
法"）。党禍猶盛之時，對於蘇洵、蘇軾所著的《辨奸論》
《王司空贈官制》等書，他指其"皆蘇氏宿憾之言也"，"王
蘇之憾，固不獨論新法也"，表現出其極具膽識的一面。除了
政治改革，陳善還對王安石的詩家評選、解經釋儒，均發表
意見。對於荆公的《字説》，陳善評曰"出入百家，語簡而
意深"，而對於晚生厭讀其書，表示不滿。

　　他援引黃山谷的詩作《和贈張文潛》，認爲元祐諸公中
只有黃庭堅的評價稍公允。但他對蔡京時期"三舍"機構的
批判，也正是源於對王氏教育弊端的極度不滿。"三舍"是
熙寧以來太學的升級結構，徽宗時推行至全國州縣學。崇寧
年間，蔡京及其黨羽大肆在教育内容上以統一的《三經義》
和《字説》來限制學生的思想。陳善在"崇觀太學三舍之
弊"中提到優人的作用，竟然達到了"和同天人之際，而使
之無間者"的境地。這种教育的弊端必然導致思想的文化鉗
制和士人文風的墮落，從而進一步肅清了"元祐學術"。

　　"前輩讀書類皆成誦""文章必有宗主""蕭統、姚鉉文
選文粹之陋""柳子厚、白樂天學陶、東坡和陶詩""李杜韓
柳有優劣""柳子厚功過"主要論述王安石的文學成就。對於

荆公的詩文創作,陳善以"精巧"論其晚年作品,如"木落山林成自獻,潮回洲渚得横陳""一水護田將緑繞,兩山排闥送青來"之類,皆"琢句工夫",同時也有"雕刻太過"之弊。列舉荆公嘗讀杜荀鶴詩云"江湖不見飛禽影,巖谷惟聞拆竹聲",改云宜作"禽飛影""竹折聲",從中可見陳善較爲稱賞。

王安石選唐宋李、杜、韓、歐四家詩,其中以李白最下,對此陳善引《鐘山語録》中關於荆公談及李白"其識污下,十句九句言婦人、酒爾"的記載,陳善加以大力反駁:"淵明篇篇有酒,謝安石每游山必攜妓,亦可謂之其識不高耶?"("王荆公李杜韓歐四家詩"),表現不同時俗的見解。

(二) 總結蘇黄及江西詩派的創作特色

陳善的主要文學思想是受理學影響,重視王安石、歐陽修、蘇軾、黄庭堅及江西詩派的理論與創作經驗,繼承了北宋以來重"韻"的詩學主張。對於前人的詩文詞創作,他做出了評價並總結一系列的方法。

論詩主張"韻勝"與"格"。"韻"是宋代重要的詩學範疇,它最早是魏晋品評人物的概念,後來被納入到詩學領域,皎然、司空圖、嚴羽、王士禛等進一步深化了意境論。宋代范温《潜溪詩眼》論韻曰"有餘意之謂韻",指出有韻之文者"必也備衆善而自晦,行於簡易閒淡之中,而有深遠無窮之味",旨在將深邃的立意與構思以平淡的形式展現出來。蘇軾、黃庭堅乃至南宋的姜夔對"韻"都有深刻的認識與評論,他們尤爲重視詩歌所展示的人格修養之内蘊。陳善以"枯淡""有味""風韻"和"不俗"概括"韻勝"之内涵。還將"格""韻"對舉,"格高"與"韻勝",表面上似無高下之分,其實陳善已意識到宋代作家的學識、修養、人格對詩歌面貌的重大意義。宋元之際方回以"格韻"爲論詩宗旨,更加强調内在的人格精神。

總結蘇、黃及江西詩派的創作經驗。以蘇黃爲代表的宋代詩歌求奇求變,蘇軾提出"反常合道"之"奇趣",既超越常規,又切合繩墨。黃庭堅追求生新,變之以拗体。陳善在論及師承前人的問題上,指出蘇黃詩格"高古",超越了歐陽修。黃庭堅善於繼承創新,獨自爲家,"別立宗派",從而成爲"當仁不讓者"。對於僧慧洪模仿黃庭堅詩作,陳善云:"韻勝不減秦少游,氣爽絶類徐師川。"

陳善受黃庭堅的影響,也推崇王梵志的詩。王梵志的集子已失傳。現巴黎圖書館藏有《王梵志詩》三殘卷,伯希和另藏别本一卷,有日本羽田亨影印本。[①] 黃庭堅很推崇他的詩,陳善曰"知梵志翻著襪法,則可以作文",就是對其反常合道、主張奇趣的稱許。

---

① 張高評:《宋詩特色研究》,長春出版社 2002 年版,第 211 頁。

"文章忌俗與太清"評價了江西詩派詩人之弊,如僧祖可、僧善權主要在過於"太清","其清足以仙,其寒亦足以死者也"。

(三) 文學評論

《捫虱新話》研討了諸多詩文創作的法則,既含有獨特的個人見解,也反映出江西詩派的影響。

盛唐氣象風神的面貌後世難以爲繼,中唐的白居易、韓愈受杜甫的影響,以尚俗求奇的面貌在詩歌發展的道路上打開新局面。韓愈出人意表、光怪陸離的構思方式,展示出極具表現力的想象世界。北宋中期一些作家受其構思的影響,陳善總結出歐陽修的《菱溪大石》以及蘇舜欽的和題之作《和菱誤石歌》《月石硯屏歌》等,都是效法中唐怪奇詩風的代表作品。歐陽修的《祭吳长史文》等,得昌黎文之神似。

對於作家及其創作,陳善主張不可偏廢,他引用宋祁論作家之長及陳師道論作家之短的觀點,指出"論人者無以短而棄長,亦無以長而護短。自論則當於長處出奇,短處致功"(《人才有長短》)。

陳善總結了讀書法和大量的創作方法。如出入法、呼應法、滲透法、錯綜法、頓挫法、打諢法。讀書要入得書,"見得親切",知道古人之"用心",還要"牢記",要記得牢,就不能貪多,只貪多而記不住,也是無用,只有牢記,纔能

"日見進益"。有關"文字意同語有工拙"的討論，著名的
"黄犬奔馬工拙論"，就是其經典實例。在"文字意同語有工
拙"中先以張景之句爲優，又説沈括"適有奔馬踐死一犬"
更"渾成"。

呼應法或曰照應法，亦稱"繳應"①，指文章的題目與内
容、開頭與結尾、内容的前後關照與呼應。"作文貴首尾相
應"提到的"常山蛇勢"，指首尾相接、循环往复，清代張
竹坡提出的"長蛇陳法"來源於此。詩文兩种文体，可以相
互滲透，各自完善對方，"文中要自有詩，詩中要自有文，亦
相生法也。文中有詩，則句語精確；詩中有文，則詞調流暢"
（"文中有詩，詩中有文"）。詩之精確，文之流暢，可給對方
注入新的審美特徵，並賦予對方以新的風貌。

在"文章貴錯綜"中提出了"錯綜其語"的構句法，他
分析了《春秋》的"隕石於宋五，是月六鷁退飛，過宋都"，
批評常人所説的"石鷁五六，先後爲義"的説法，認爲"聖
人文字之法正當如此"。既然已經説了"隕石於宋五"，如果
再説"退飛鷁於宋六"，就不成"文理"。所以，《春秋》中
的這句話並非"先後爲義"，而是"錯綜其語，因以爲健"。
頓挫法，又稱轉法。陳善在"爲文妙在掩抑頓挫"中，引韓

---

① 尹均生主編：《中國寫作學大辭典》第一卷，中國檢察出版社 1998 年版，
第 154 頁。

愈的《聽穎師琴》和《與李翱書》來説明什麼是"掩仰頓挫"法。"頓挫"原指聲調之高低抑揚,此處指詩的章法應舒展、緊湊,詩的情調既有低沉又有高昂。"頓挫法"的使用,避免了詩的平直單調。陳善在學琴的過程中,得"爲文之法",並悟出"掩抑頓挫"是文章的妙處,"令人讀之疊疊忘倦"。

"打諢法"。"山谷言詩"引用黃庭堅的話曰:"作詩正如作雜劇,初如布置,臨了須打諢,方是出場。""打諢"指角色表演時有各種癡呆可笑的舉動和語言以及出乎意料的回答,從而造成一種幽默詼諧的效果。山谷之所以揭示出這條詩法,"蓋是讀秦少章詩,惡其終篇無所歸"。陳善還認爲"打諢"要"切題可笑",緊扣題目而充滿諧趣,使讀者在笑聲中恍然領悟題旨。

佛道讖緯。唐宋以后,佛教思想的影響力日益增強,陳善提到當時有人甚至把佛教的禪師抬高到了比至聖先師孔子更高的地位("儒釋迭爲盛衰"),"孔子老子皆是菩薩"將孔子説與《楞嚴經》相比附,編排韓愈與大顛論佛法之事("韓文公參大顛"),將藥山惟儼論道之語與《中庸》語相比。他引用張文定所言"儒門淡薄,收拾不住,皆歸釋氏爾"("儒釋迭爲盛衰"),是"席卷士人精神生活的張本",表明當時佛教的興盛及對社會民衆的影響勝過儒家文化的局面,這些觀點引發了爭論。

陳善還探討了韓愈、歐陽修的儒佛思想，指韓愈"信經太過，反泥而不通"，"執文害意，信經廢傳之傳"，提出"古人之傳""不可盡廢"。他認爲韓愈《諫迎佛骨表》，是未知"佛法大義"（"韓文公參大巓"）。他不同意韓愈"人其人，火其書，廬其居"的方法（"韓退之闢佛老"），而是援引歐陽修《本論》中的"修本"主張，這個"本"就是儒家的"禮義"，因爲"禮義者，勝佛之本也"，"補其闕，修其廢，使王政明而禮義充，則雖有佛，無所施於吾民矣"。歐陽修之論確實抓住了辟佛的要害，也啓迪了新儒學的建立。

大量的佛家偈語、妙語在《捫虱新話》有所記載。陳善記載了名僧宗杲用"乾屎橛"嘲笑弟子的所謂佛性自悟。"乾屎橛"原是古印度用竹木削成的薄片，人們如廁後使用。後來成了禪宗僧人的一個"話頭"，成了禪宗大師們呵佛罵祖的名句，意在打破人們對於佛教名詞概念的執著。

"轉語"是佛教禪宗謂撥轉心機，使之恍然大悟的機鋒話語。如"悟百丈不昧因果"的記載。"轉語"之論，頗得佛釋之道，但善用"會禪"評論嵇康、鍾會之對話，則過於牽強。

文獻記載中，陳善介紹了蘇軾與黃庭堅的別集，主要有《東坡集》《山谷集》。據王兆鵬先生的分析，《東坡集》似指"詩文詞合集"。從宋代開始有關蘇軾的作品集中就開始摻入了其他人的作品，包括一些粗俗的文字。《捫虱新話》稱

《蘇軾集》中,《葉嘉傳》《和賀方回青玉案詞》《睡鄉》《醉鄉記》非東坡所作。

黃庭堅曾以劇喻詩,陳善"山谷言詩"補充了一段材料,元祐二年少數民族叛亂,與西夏勾結,後被朝廷大敗,東坡《對賜御書》詩結尾云:"小臣願對紫薇花,試草尺書招贊普。"秦少章不明此意,陳善根據東坡詩中自注及全詩之意,指出這是宋雜劇"打猛諢出"的做法,並説這就是戲劇詼諧情調的設計,它與"臨了打諢"相輔相成,不可分離。

王雱(1044—1076),王安石之子,著書甚多,但存詞僅兩首。"王元澤小詞"介紹其詞《倦尋芳慢》"甚佳","時服其工"。元澤之詞,寫落寞傷懷之春愁,用筆細膩,語言婉媚,頗有韻致,是當行之作。

記載紹聖詩人畢漸詩作,補《青瑣集》之缺("畢狀元贈子山詩"),還記載了自己有關唐代作家周朴的藏書。此外,作爲羅源人,陳善多篇文章涉及宋朝羅源文人林迥、陳祐、陳元規等人的言論與詩文。

考辨方面。杜甫的詩作《贈花卿》是一首意思似乎淺近的作品,陳善結合世人誤認花卿爲歌妓的説法,指出花卿是西川牙將,杜甫批判花卿的跋扈和僭用禮樂,是"微而顯"之作,其主旨在於諷刺。

陳善考證《減字木蘭花》是一首以詞爲妓女脱籍之作,即"蘇東坡《木蘭花》小詞"中的"鄭容落籍,高瑩從良",

並稱東坡"此老真爾狡獪耶"。

音樂文學。宋代琴曲多不配辭，鄭樵《通志》卷四二《樂略・樂府總序》中提出"古者絲竹與歌相和，故有譜無辭"。朱長文《琴史》卷六說："近世琴家所謂操弄者，皆無歌辭，而繁聲以爲美。"《捫虱新話》中"毛之三百篇皆被弦歌"論述的弦歌，也論及這一問題。

書中有不少記載當時文壇掌故的內容，如"歐蘇梅比肩韓孟""人才有長短"諸條，皆有一定史料價值。

介紹常識。梅和雪是常見的事物，而生活在不同地理位置和環境的人可能根本無緣見識。"北人不識梅，南人不識雪"說明了這一現象。"前代牌額先挂後書，碑石先立後刻"介紹了匾額的書寫，即原先是先挂後書，匾額成爲建築一個構成部分，後來纔先書後挂，即逐漸具備相對獨立性。陳善十分熟悉並詳細介紹龍涎香的原料替代品——茉莉。

綜觀全書，《捫虱新話》具有一定的文學價值。如"陶淵明不見督郵"，文中通過陶淵明見督郵和鄉里小兒的不同表現，反映他"眼不着砂"的傲岸個性；歐陽修着帽見俗人，生動地表現出謹防"泥亦有刺"的性格。"國朝始置通判"，塑造了錢昆這樣一個既怕矛盾又貪口味的"美食家"的風趣形象。"人趨炎附勢"反映唐宋令狐綯、王安石當權時人們的趨炎附勢，可視作世態人情小說。"房琯、婁師德、張文定、蘇東坡知前身"則記載張咏和蘇軾自悟前身事，闡釋佛家轉世輪回，清靜純一之說，而叙説極具小説的荒誕離奇。

三、版本源流

《捫虱新話》成書後最早並無通行的雕版印刷，而是由作者的弟子陳益將手稿整理後，以抄本的形式流傳，後來由張諫鼎力資助，采用"鋟木"即木刻本的形式出版，共二百則。其書卷數宋代即已出現歧異，並且版本較複雜，至今傳有南宋俞鼎孫、俞經編《儒學警悟》明抄本（簡稱"儒學本"），明陳繼儒編四卷本《亦政堂鐫陳眉公普秘笈》刻本（簡稱"亦政堂本"），明崇禎毛晋汲古閣刻十五卷足本《津逮秘書》本（簡稱"津逮本"），元末明初陶宗儀《説郛》明抄本節本（簡稱"説郛本"），明鍾人傑、張遂辰輯一卷之《唐宋叢書》本（簡稱"唐宋本"），涵芬樓十五卷影印本（簡稱"涵芬本"），商務印書館《叢書集成初編》本（簡稱"叢書本"）。

較通行的十五卷本也有不同的版本。如津逮本、黄丕烈校跋的《潮溪先生捫虱新話》、清初抄本《新刊朝溪先生捫虱新話》、涵芬本。

（一）儒學本

南宋俞鼎孫、俞經編輯《儒學警悟》，是我國最早的綜合性叢書。該叢書第五集爲《捫虱新話·上集》，卷三十二至三十五，共一百則；第六集爲《捫虱新話·下集》，卷三十六至三十九，共一百則。每則冠以題目，目録序跋亦全。卷中正文有缺頁散佚、有目無文情況。這是該書較早的刻本，後世未見翻刻。流傳於世的只有少數抄本，如嘉靖十一年（1532）吉庵王良棟抄本，亦不易見到。中華書局 2000 版《儒學警悟》影印説明記述，清光緒十八年（1892），有書商從山西發現明抄本《儒學警悟》，被清宗室盛昱所購，後又經著名的藏書家和校勘家繆荃孫、傅增湘先後校勘，民國十一年（1922）由江蘇武進人陶湘刊刻行世，纔重新有了印本。中國書店 2010 年影印本，書版每半葉十三行，行二十二字，間有雙行小字，黑口，左右雙邊，單魚尾。

（二）明萬曆亦政堂本

《亦政堂鎸陳眉公普秘笈》是明陳繼儒編撰的《寶顏堂秘笈》叢書之一。《寶顏堂秘笈》六集中的"普集"即《亦政堂鎸陳眉公普秘笈》。卷首題"《捫虱新話》卷之×"，下題"宋福州陳善子兼著，明秣陵張可大觀甫，綉水沈元熙廣生校"，共一百九十五則，無目録，不分類。

（三）津逮本

《津逮叢書》是明崇禎毛晋編刻，津逮本《捫虱新話》

收錄在第八集，共十五卷，一百九十五則，四十八類，分類
有重複。"《捫虱新話》卷之一"下題"宋羅源陳善、明海虞
毛晉訂"。此刻本經清黃丕烈、傅增湘校勘。

（四）説郛本，節本

明陶宗儀《説郛三种》一百二十卷本之卷二十二，共五
十七條，書名下題"宋陳善"，主要抄錄儒家經義、詩文創
作、佛道讖緯。

（五）涵芬樓本

民國八年（1919），江西夏敬觀對繆荃孫保存的"舊抄
本"——《朝溪先生捫虱新話》、儒學本、張可大、沈云熙刊
行的"張本"，進行校勘後刊行，世稱"夏本"。民國中期，
上海涵芬樓將夏本影印出版，1990 年上海書店根據涵芬樓影
印本再版，收入叢書《宋人小説》之六，共四十九類，一百
九十八則，另據《儒學警悟》補五則，並陳益、張諫兩序、
陳善兩自跋，末尾夏敬觀跋曰：

> 右《捫虱新話》十五卷，宋陳善撰……陳振孫《書
> 錄解題》載《窗間紀聞》一卷，陳子兼撰，疑即錢曾
> 《讀書敏求記》所載不分卷本，所自出《宋史·藝文志》
> 作八卷。今《儒學警悟》本列三十二卷至三十九卷，凡

八卷，與《宋志》合。明毛氏汲古閣刊十五卷分類本，
與《敏求記》所稱影宋標題《苕溪先生捫虱新話》者同
出一源，殆爲元人所分類析卷歟。

（六）叢書本

商務印書館，民國二十八年十二月版。由於津逮本、寶
顏堂本，均一百九十五則，皆不足二百則，唐宋本一卷尤殘
缺，惟儒學本上、下集共八卷有二百則，故叢書本據儒學本
排印。

四、評述研究

（一）整體評價

《四庫全書總目》謂是書頗爲冗瑣，持論尤多舛駁，大
旨以佛教思想爲正道，以王安石爲宗主，故於宋人中詆毀歐
陽修、楊時、陳東、歐陽澈等，而以詆毀蘇洵、蘇軾、蘇轍
尤力，於古人之中，主要詆毀韓愈、孟子等人。其觀點對後
世影響較大，如曾棗莊主編的《中國文學家大辭典》（中華
書局 2004 年版）等後人多沿用其觀點，許多學者已經注意到
它的可取之處。

魯迅指出書中考論經史詩文，對韓愈、孟子提出疑義，也是一家見解。書中議論詩文流變及特色，頗有可取，不失故事風格，而又能有感而發。另如出入之讀書法、首尾相應之章法，皆言簡意賅，樸實中肯。所記當時雜事，亦不無小說意味。石昌渝《中國古代小說總目·文言卷》（山西教育出版社 2004 年版）主要沿用了魯迅的觀點。

錢仲聯、傅璇琮等人編寫的《中國文學大辭典》（上海辭書出版社 1997 年版）指出該書中對於歐、蘇等人確有微詞，然亦多贊語。儀平策以"卓爾不群，獨出機杼，直達神髓"高度評價了陳善及其著作。① 李裕民《四庫提要訂誤》（增訂本）（中華書局 2005 年版）肯定陳善是個有個性、有獨到見解的學者，評論人物有肯定亦有批評，而不是一味吹捧或詆毀。吳兆路等《中國學研究》第 8 輯（濟南出版社 2006 年版）指出綜觀全書，該書並不完全失當，其中有些持平之論。李紅英認爲《四庫全書總目》對陳善冠以"誤讀《論語》，甚至謂江西馬師在孔子上"的罪名，有失公允。但陳氏論史多有偏激，或有訛誤，如論司馬遷、房玄齡、杜如誨等人，多有不當。②

在福建省羅源縣人民政府的扶持下，2014 年福建人民出

---

① 儀平策:《玄、佛語境與陶、謝詩旨》,《山東大學學報》1997 年第 2 期。

② 李紅英:《〈捫虱新話〉及其作者考證》,《中國典籍與文化》2002 年第 1 期。

版社出版了由孫釟婧、孫友新校注，陳叔侗點評的《捫虱新話評注》。該書對《捫虱新話》的典故、人名、地名及歷史事件等做了詳盡注釋，並由陳叔侗逐條進行點評。書後附有論及《捫虱新話》的論文，是一部綜合性的研究著作。

（二）作者研究

南宋時期生活有兩個陳善，這是值得關注的問題。除了字子兼、福建福州羅源人陳善，還有"淳熙間豪士"的"陳善"（張端義《貴耳集》卷上），字敬甫，号秋塘，著有《雪蓮夜話》三卷，已佚。紀昀、夏敬觀等把二者混作一人，而錢鍾書、陳新等已注意到這一問題。《宋詩紀事補正》卷記載：

> 善字敬甫，號秋塘。淳熙間豪士。有《雪蓮夜話》。
>
> 按，著《捫虱新話》者陳善，字予兼，福州羅源人。紹興間由太學第進士。可參《捫虱新話》卷首陳益序。此與《貴耳集》卷上所稱"秋塘陳敬甫善"不可混淆。敬甫著有《雪蓮夜話》三卷，乃淳熙間一豪士。本書中漏收陳子兼善，姑補於後。
>
> 善，字子兼，福州羅源人。紹興間，由太学径甲科，乾道五年（己丑）論宜受禄學官，未赴而亡。著有《窗間紀聞》，即《捫虱新話》。

陳善的卒年史無確考，主要有乾道五年（1169）和淳熙元年（1174）兩個説法。李紅英《〈捫虱新話〉及其作者考證》認爲陳善是北宋末南宋初人，經歷了徽、欽、高、孝四期，卒年在1169—1174之間。陳名琛的學位論文《陳善與其〈捫虱新話〉研究》，認爲陳善的卒年在1169年。陳應德則認爲陳善卒於1172年，終年63歲。

《新修羅源縣志》（清道光九年刊本再版）一書主要介紹了陳善的少年聰穎，因得罪秦檜長期不效一官的經歷，“天資穎悟”“名尤震一時”。秦檜當權時，“慷慨言論，慕何蕃、陳東之爲人，嘗力詆和議，不徇俗俯仰”，“故不得效一官”。後著書，“自孔孟子史百家、佛老陰陽卜筮、農圃之説，無不精詣”。及檜死，始登紹興三十年進士第，授太學録。

該縣志還引用了明郡人徐渤的記載：

> 潮溪先生，以太學生力排和議，終權相之世，竟淹抑不第。中流一柱，確乎不移。與陳誠之同年，誠之對策主和議，以要及第，致位通顯，封崇國公。先生與之同鄉，不一薰一蕕乎哉！考郡邑志乘，未有爲先生立傳者，幾於湮没弗稱。予家多存書，有先生《捫虱新話》，博極群書，獨創新見，因稔先生之爲人。嗟嗟先生大節，涅而不緇。《新話》淹博，豈足以盡先生哉？

日本静嘉堂文庫藏明刊本陳善撰《潮溪先生捫虱新話》十五卷，書前的無名氏"序"爲文淵閣四庫本所未收。序中介紹了陳善的生平及因詆秦檜而不爲所録的詳細經歷。

曾棗莊主編《中國文學家大辭典》主要記載了陳善的著述情況。《全宋詞》第四册收録其詞零句。《全宋詩》卷二三九六、卷二六七六分別收録有其詩。事迹見陳益《捫虱新話序》、《淳熙三山志》卷二九、《道光羅源縣誌》卷一九。

（三）著作性質

陳善的《捫虱新話》是一部"論詩及事"性質的詩話著作，所記條比較零散細碎，内容還大多以記述詩事爲主。[1]

（四）成書過程研究

李紅英根據《捫虱新話》内容最晚的記載，認爲《捫虱新話》定稿於紹興二十七年（1157），當時可能没有刊行，只是手抄。淳熙五年（1178）已有木刻本，是《捫虱新話》最早的刊印版本。

（五）著録版本研究

清錢曾《讀書敏求記·雜家》中記載了《捫虱新話》有

---

[1]　胡建次、邱美瓊：《中國古代文論承傳研究》，中國社會科學出版社 2012 版，第 510 頁。

兩種版本，一種是宋抄本，不分卷帙，有自跋，另一種是影摹宋刻本，標題爲《潮溪先生捫虱新話》。十五卷本，脱跋語。①《四庫全書總目提要》認為錢曾所言的"無自跋"的十五卷本，"實有自跋"，"蓋曾所見本偶佚末頁耳"。②

清黄丕烈對《捫虱新話》多有題跋。他考查錢曾《讀書敏求記》所云的"影宋本"，疑爲"宋本翻雕"。對於錢氏所指的另一本"宋抄本"，繆氏表示於戊辰從濂溪坊蔣韻濤見到，"而子兼之跋較《敏求記》所載爲詳"，還記述了由張紹仁所校的過程，並叙己加以覆勘：

> 此書余友秋塘張君爲余借出，因得見之，遂囑其校於此册上。陳跋及所多二則，用別紙録之，附考焉。本書甚古雅，宋抄之説，兹所校者，皆秋塘筆，余未及親校也。庚午夏五月十九坐雨書。復翁。
>
> 後從訒庵借其手校宋抄本覆勘一過，其書一百則，通作一卷，不分類，無子目，訒庵一一跋出，因照臨於此。丁丑秋白露前四日記。復翁。

中華書局 2000 年版《儒學警悟》影印説明中，記載儒學

---

① 錢曾:《讀書敏求記》卷三,雜家,書目文獻出版社 1984 年版,第 80 頁。
② 《四庫全書總目提要》子部三十七,雜家類存目四,雜説上,河北人民出版社 2000 年版,第 3277 頁。

本由清繆荃孫和傅增湘先後校勘，交付武進人陶湘於壬戌（1922）刊刻行世的過程，成爲《儒學警悟》一書唯一的刻本。曾貽芬、崔文印《古籍校勘說略》、楊琳《古典文獻及其利用》第3版（北京大學出版社2014年版）都記載了這一相關内容。《古典文獻及其利用》還分析了儒學本世人知之甚少的原因。

中國書店2010年版《儒學警悟》影印本出版說明，還指出儒學本是繆氏生前所校的最後一書，具有重要價值。同時，指出《宋史·藝文志》小說類著録爲八卷，此與《儒學警悟》八卷本有何關係，今已無從得知。[①]

今人李紅英《〈捫詩新話〉版本源流考》一文中列舉了國内現存《捫虱新話》的單行本和叢書本。她把現存的版本從内容形式上分爲不分類本、分類本兩种。《儒學警悟》明抄本即不分類本，題目上基本是擷取每則中的内容作爲小題，亦政堂本、津逮本、清初抄本、說郛本屬於分類本，多擷取每則首句内容爲題目。結論認爲明嘉靖十一年吉庵王良棟抄本是《儒學警悟》現存最早的傳本，較全面地反映了《捫虱新話》的原貌，其子目内容、數量與陳益、陳善、張諫等人序跋中所言相合，價值高於他本。

孫釩婧、孫友新《〈捫虱新話〉評注》將八卷本《儒學

---

① 李紅英：《〈捫虱新話〉版本源流考》，《中國典籍與文化》2007年第3期。

警悟七集》與涵芬樓十五卷本兩种版本目録進行對照，全書包括陳益序、陳善二跋、張諫跋以及二百則及所補"太學生陳東、歐陽澈、黃作詹淵"則，清楚標明了各則在兩种版本中對應的集、卷。

（六）内容研究

《中國文學大辭典》指出該書中有不少記載當時文壇的內容，皆有一定史料價值；評論詩文創作、研討詩文法則的內容，既含有獨特見解，亦反映出江西詩派的影響。《中國古典小説藝術鑒賞辭典》尤其總結了叙事方面的文學成就，主要體現在瑣聞軼事、人物言行方面，反映了人情世態，而常以性格化、生動化筆法描繪。

周裕鍇《宋代詩學通論》（上海古籍出版社 2007 年版）對江西"打諢出場"的章法、頓挫法及"詩文相生法"進行了評述。

重格、重韻及推尊陶杜，是陳善詩學思想的重要內容。何寶民《中國詩詞曲賦辭典》（大象出版社 1997 年版）指出陳善所標舉的"氣韻"，即陶淵明的"天成"、李白的"神氣"、杜甫的"意度"、韓愈的"風韻"、蘇軾的"海上風濤之氣"，也就是詩人之語，要是妙思逸興所寓，固非繩墨度數所能束縛。傅璇琮、許逸民等主編的《中國詩學大辭典》（浙江教育出版社 1999 年版）主要從著作的主"氣韻"、主

"格"和作家評論進行了分析。汪湧豪《中國文學批評範疇及體系》（復旦大學出版社 2007 年版）對陳善"韻"論的詩學價值進行了評析。

儀平策指出陳善引用林倅的詩論説明了宋代的詩美由重格（人格、品格）向主韻（韻味、神韻）的歷史轉換，這標志中國詩歌美學正趨圓熟的歷史轉換，最初就典型地發生在陶、謝之間。楊勝寬《陳善論杜：重韻與重格》（《杜甫研究學刊》1999 年第 3 期）一文，論述了陳善的格高、韻勝論以及推尊陶杜的宋代詩學主流。宋人對作品格、韻的評價，不只著眼於藝術的評判，而是將人的因素置於重要位置加以觀照的，並且格、韻與作家的學植深淺關係密切。他的觀點契合了宋代詩歌的本質特徵。

陳善與宋代黃庭堅有着顯著的繼承關係。吳晟《陳善對黃庭堅詩學的評價與鼓唱》（《廣西民族大學學報》哲社版 2004 年第 1 期）一文，分析了陳善以"高古"論蘇、黃詩格的内涵，見解獨到。

關於陳善的讀書之論，鄧拓、曾祥芹等人論述了出入法，有作者指出最早將出、入放在一起使用並使之成爲了文論範疇的就是陳善①，它直接影響了後世王國維《人間詞話》的出入説。

---

① 　張永吉、孫延波：《"入出説"辨析》，《作家》2013 年第 10 期。

（七）異文記載

清褚人獲輯撰，李夢生校點《堅瓠集》（上海古籍出版社 2012 年版）記載《灼艾集》叙處厚論心相有三十六善，與《捫虱新話》所載互有不同，並撮其異者附見後面，共計十一處。

關於陳善的生卒時間，陳善的佛學觀與儒家思想的契合與沖突，諸多版本的關聯與差異及《捫虱新話》内容的深掘開拓，隨着我國對古籍整理事業的關注和重視，將得以進一步的研究，許多問題也將得到進一步的解決。

此次整理以 1990 年上海書店據涵芬樓十五卷舊版影印的《宋人小説》之六的《捫虱新話》爲底本，校本主要參照了中華書局 2000 版影印儒學本，此外還有亦政堂本、津逮本、説郛本、大觀本。正文前面的陳益、張諫兩序、陳善兩自跋、卷十五後面的補遺五則，末尾的夏敬觀跋據《儒學警悟》抄補。附録部分收録了日本靜嘉堂文庫所藏明刊本無名氏序、清代黄丕烈、傅增湘兩跋。校語中保留了底本中的全部校注，以"原校：××"格式的脚注形式一一列出，對於底本中遺漏的部分據儒學本等進行了抄補，如陳益序中第二處"窗間紀聞"中的"紀"，底本原作"記"，據儒學本改作"紀"。校語除了底本中的原校原注，還有整理者本人的加注。

陳益序

　　益少之時，初入鄉校，聞游學子道先生之文行，願一識而未之得。既冠，始獲從先生游，聞有所著《窗間紀聞》一百則，貫穿經史百氏之説，開抉古人議論之所未到，求而讀之，中心躍然，如入武庫，且喜且愕。於是力縱先生求廣其所未聞。又數年，先生復出百則以示益曰："吾之精力略盡於此，然世俗方以詞章華贍相夸；吾書之出，恐未免有覆瓿之誚，亦姑俟子雲於後世耳。顧念非子莫可與言者。"益因從而析之，合二百則。間以示人，其傳猶未廣也。雖然，清廟之瑟，朱弦而疏越，一倡而三嘆，大羹不和，元酒之尚，典則存焉。先生此書，庸詎無知音知味者，而終於黔驪而已乎？其後十年，先生由大學登甲科，求官於時宰，嘗示以二百則爲所業投獻。□國陳公以爲著書立言宜爲學官，① 遂俾録成均之教政，時則乾道之己丑也。惜乎負抱儒業，晚得一命之

---

① 　缺字處，據孫友新《尋覓所脱之字》析爲脱字，破解"國"前脱一字爲"相"字，即"相國陳公以爲著書立言"。

1

爵，曾不得食寸禄而死，識者悲之。先生詩文甚多，散失無幾，未暇掇拾。然筆力高妙，其得意處，奮髯抵息，[①] 自謂前輩不減。今鬻書肆中有論十篇，乃先生爲諸生時所爲贊見祭酒周公敦義者，或托以王龜齡侍郎之名，非也。若其場屋所試，不肯蹈襲時文，畦徑獨出，硬語橫空排奡，故往往不爲有司所喜。間遇明眼，則置高等，士之在太學者能言之。益承學晚，謬於從游中，爲日最久，常慮其書泯没，故爲序其傳授之大略。先生名善，字子兼，福州羅源人。其曰《窗間紀聞》者，[②] 先生嘗易以今名《捫虱新話》云。

淳熙元年孟夏朔日，門人錢塘陳益序。

---

① "抵"，儒學本作"太"。
② "紀"，原作"記"，據儒學本改。

陳善跋（紹興十九年）

　　丙寅歲，予由海道將抵行在所，未至而遇大風漂舟，盡失平日所業文字。既而於知友間，[①] 收拾逸稿外，[②] 得所著《捫虱新話》，十纔可五六。讀之恍然，遂見舊物。顧傳寫儳誤，所未暇正。戊辰春，以三上不第，薄游姑蘇，無所用心，因就加刊削，得一百則，漫録於此，以備遺忘。

　　紹興己巳正月二十一日，羅源陳善子兼題於朱氏草庵。

---

① "友"，儒學本作"交"。
② "稿"，原脱，據儒學本補。

陳善跋（紹興二十七年）[1]

　　予自著《捫虱新話》，已爲好事者傳之。尚有餘簡，久欲纂次。適茲退衄之餘，未免留滯之難。因理舊楮，兼摭新聞，又得一百則，録之以爲第二集。非以迂疏閑散，有不暇也。時寓王庠，請告於城西之俞家園。心遠地偏，俗客不來。雖無益於討論，尚有資於談笑，貽我同志，不點俗眼。

　　是歲紹興二十七年三月一日也。子兼。

---

① 陳善跋據儒學本補。

張諫跋①

　　昔王仲淹講道河汾，受業者蓋千餘人，唐相房元齡、杜如晦輩皆其門人也。喬等既貴，絕口不道其師，他何望焉？户掾陳仲友嘗從子兼學，得所謂《押虱新話》者，乃能手抄以示人，弗少靳，且方丐有力者，鋟木以廣其傳。賢於房杜遠矣。僕於子兼，實爲同年生，幸其門弟子之賢，有不亡者存，於是乎喜而書。

　　戊戌仲秋，檇李張諫正卿題於新安文字掾之公廨。

---

①　張諫跋據儒學本補。

卷之一

宋　羅源陳善　著

經　類

道在六經不在浮屠①

　　吾書中頗有贅，②訛處便是禪家公案，但今人未嘗窺究耳。孔子曰："二三子以我爲隱乎？吾無隱乎爾。吾無行而不與二三子者，是丘也。"不知所隱者何事。顔回在陋巷，"一簞食，一瓢飲，人不堪其憂，回也不改其樂"，不知所樂者何道。孟子曰："睟然見於面，盎於背，施於四體。四體不言而喻。"不知所喻者何物。此豈區區口耳所能證也哉！《易》曰："精氣爲物，游魂爲變，故知鬼神之情狀，原始要終，故知死生之説。"而孔子曰："朝聞道，夕死可

---

① "道在六經不在浮屠"，原校：儒學本作"讀書當講究得力處"。
② "贅"，原校：儒學本作"聲"。

矣。"故子路問死，又問事鬼神。古之達者類有以知此。至
其得力處，曾子病革而易簀，子路臨死而結纓，①蓋於死生
之際，其嚴如此。顧但設教自有先後耳，豈知今之俗學，
乃全不考究。以六經爲治世語言，至欲求道則以爲盡在浮
屠氏。嗚呼！此宜今世脱空漫語者之，②所以得肆其欺誕而
不顧也耶③。

歐陽公信經廢傳

余愛歐陽公學術議論，然嘗恨其信經太過，反泥而不通。
公之論，以《洪範》《周易》無河圖、洛書之事。④《繫辭》
上、下非聖人作。⑤其於《春秋》，謂隱公非攝位，⑥而趙盾、
許止，⑦其真弑君者也。若然，則河陽之狩爲真狩矣。《泰
誓》序"惟十有一年，武王伐商"，⑧公獨以爲武王即位之十

---

① "結"，原校：儒學本作"正"。
② "之"，原校：原本作"云"，從儒學本改。
③ "耶"，儒學本無"耶"字。
④ "之"上，原校：原本有"中"字，從儒學本、抄本删。
⑤ "作"上，原校：儒學本有"之"字。
⑥ 原校：儒學本無"攝"字。
⑦ "止"下，原校：儒學本有"者"字。
⑧ "泰"，原校：原本誤作"秦"，從儒學本改。"序"，原校：原本無序字，從儒學本補。

一年。① 武王八十三即位，九十三而終，安得十一年始伐紂，② 而《經》復云"十三年"乎？③ 大抵後世去古既遠，言古事則當以古爲正。古人之傳，④ 雖時有疏脱，然或當時師傅之説猶存，或亦有簡牘之記可以爲據，未易盡廢也。如《書》"六家""四載祭"與"秦八神""漢太一"之類，⑤ 此豈可以私意附會穿鑿而爲之哉？《論語》曰："魯、衛之政，兄弟也。"司馬遷以爲此孔子爲出公、哀公發也。⑥ "齊桓公法而不譎"，⑦ 鄒陽以爲此孔子爲哀姜發也。⑧ 二人者，去古未遠，多見先秦古書，而爲是説，⑨ 則必有所本，而今人遂以意度之，⑩ 夫豈勝異説哉？⑪ 歐陽公必以傳爲不足信，過矣。又如《詩》之《頌》作於成王時，公以《昊天有成命》

---

① "之"，原校：原本誤作"三"，從儒學本、抄本改。"十一年"，原本誤空三格，儒學本不空。

② "安得"下，原校：毛本衍"三"，從諸本刪。

③ 原校：儒學本無"乎"字。

④ "之"，原校：原本誤作"三"，從儒學本改。

⑤ "六家"，原校：繆校正作"六宗"，抄本作"如書云"。"四載祭"，毛本"祭"作"榮"。案"祭"字見於《尚書》者。孔疏解經於六宗，則"六家"正作"六宗"，或作"云祭"，均可通。"四載"字未明，疑有舛誤。"六家""四載祭"，儒學本作"六家""四載"；津逮本、筆記小説大觀本作"云榮河載"，據夏敬觀校十五。

⑥ 原校：原本有"晋文公而不正"一句，從儒學本刪。

⑦ 原校：原本"法"作"正"，儒學本作"譎而不正"，從《漢書》改。

⑧ "鄒"，原校：原本作"鄭"，從儒學本改。"姜"，原校：原本作"公"，從諸本改。案《漢書·鄒陽傳》云："魯哀姜薨於夷，孔子曰：'齊桓公法而不譎，以爲過也。'"此書引係鄒陽語，不應有"晋文公"一句。"姜"字亦不應作"公"也。

⑨ "而"，原校：儒學本作"其"。

⑩ "人"上，原校：儒學本有"世"字。

⑪ "異"，原校：原本作"億"，從儒學本改。

言"成王不敢康"者，①當是康王時詩也；《執競》言"不顯成康"者，當是昭王時詩也。此皆執文害意、信經廢傳之過。②

王荆公説新經穿鑿③

李季長嘗語余：④"昔問羅疇老：'《洪範》金曰從革，《新義》云能從能革。'而荆公《洪範傳》又云：'金性能從，惟革者之所化。'二義不同，未知孰是。疇老云：'譬如釋迦十大弟子，各説第一義，二説皆通，無可揀者。'"予謂王氏之學，率以一字一句，較其同異，而父子之論自不能一如此。迨其末流之弊，學者不勝異説，末論成湯帝堯，且論"昔在在昔"。諸所穿鑿，類皆如此，⑤予竊不取。

---

① "昊"上，原校：儒學本有"爲"字。
② "意"，原校：原本作"理"，從儒學本改。
③ "王荆公説新經穿鑿"，原校：儒學本作"金曰從革"。
④ "李季長"原校：原本作"李長吉"，從儒學本改。
⑤ "類"，原校：儒學本"類"在"如此"下。

王荆公新法新經①

王荆公行新法，同時諸公皆不以爲然，② 二蘇頗有論列。荆公於《三經新義》托意規諷，至《大誥》篇則幾乎罵矣。《召公論》真有爲而作也。③ 後東坡作《書》《論語》語諸④，又矯枉過直而奪之牛。⑤ 子由晚年似知役法不可盡廢，⑥ 故謂司馬公爲不曉吏事，然亦自一出一入。⑦ 其作《東坡墓志》載東坡論役法一事，⑧ 似是後來飾説。荆公嘗曰："吾行新法，終始以爲不可者，司馬光也；終始以爲可者，曾布也。其餘皆出入之徒也。"然《免役法》至今行之，民以爲便，何終不可之有？⑨ 予觀荆公要是一世異人。荆公晚年删定《字説》，出入百家，語簡而意深，嘗自以爲平生精力盡於此書。然至今晚生小子亦隨例譏評，至厭讀其書，蓋非獨不喜新法也？山谷嘗有《和贈張文潛》詩曰："荆公六藝

① "王荆公新法新經"，原校：儒學本作"免役之法"。
② "皆不以爲然"，原校：儒學作"皆以爲不然"。
③ "爲"，原校：儒學本作"謂"。
④ "語諸"，原校：二字原本脱，從儒學本補。
⑤ "牛"，原校：原本作"至"，從儒學本改。
⑥ "不"上，原校：儒學本有"之"字。
⑦ "自"，原校：儒學本作"有"字。
⑧ "東坡論"，原校：三字原本無，從儒學本改。
⑨ "不"上，原校：儒學本有"始"字。

學，妙處端不朽。諸生用其短，頗復鑿戶牖。譬如學捧心，初不悟己醜。玉石恐俱焚，公爲分別否。"① 元祐諸公惟此一人，議論稍自近厚，② 可想見其遺風。

王荆公新經《字説》多用佛語③

荆公《字説》多用佛家語，④ 初作"空"字云："工能穴土，則實者'空'矣，⑤ 故'空'從'穴'從'工'。"後用佛語改云："無土以爲穴，⑥ 則空無相；無工以穴之，⑦ 則空無作。無相無作，則空名不立。"此語比舊時爲勝。《維摩詰經》曰："空即無相，無相即無作，無相無作即心、意、識。"《法華經》曰："但念空無作。"《楞嚴經》云："但除器方，空體無方。"荆公蓋用此意。又如云："追，所追者

---

① "分"，原校:原本作"力"，從儒學本改。
② "自"，原校:儒學本無"自"字。"厚"，原校:儒學本作"後"。
③ "王荆公新經《字説》多用佛語"，原校:儒學本無"新經"二字，"佛語"作"佛經語"。
④ "家"，原校:儒學本作"經"。
⑤ "實"，原校:儒學本作"有"。
⑥ "改"，原校:原本作"解"，從儒學本改。原本脱"無"字，從儒學本補。
⑦ 原校:原本脱"無"字，從儒學本補。

止，^① 能追者走，^② 而從之。搔，手能搔所搔。^③ 牂柯，^④ 以能入爲柯，所入爲牂"之類，^⑤ 此'能所'二語亦出佛經中。^⑥《圓覺經》曰："其所證者，無得無失，無取無舍；其能證者，無作無止，無生無滅；^⑦ 於此證中，無能無所。"^⑧ 佛經謂："能所者，彼此義也。"吾書中本無此語，予嘗與坐客論此，^⑨ 因舉古尊宿陳睦州，嘗問一座主："解二十四家書是否？"主云："不敢。"^⑩ 睦州乃於空中點云：^⑪"還識這個麼？"其人罔措。睦州笑云："永字八法也不知。"予語已，遂於空中點一點，問客云："且如荆公一部《字說》，多用佛經語，還曾得這個否？"^⑫ 客又罔措。

---

① "止"，原校：原本作"正"，從儒學本改。

② "走"，原校：儒學本作"正"，抄本與此同。張本作"走"。

③ 前一"搔"，原校：原本疊搔字，張本作"蚤"，從儒學本刪。

④ "牂柯"，原校：原本作"將何"，從儒學本改。

⑤ "牂"，原校：原本亦作"柯"，從儒學本改。

⑥ "二"，原校：原本作"之"，從儒學本改。

⑦ "生"，原校：原本作"住"，從儒學本改。

⑧ "無能無所"，原校：原本作"無能所者"，從儒學本改。

⑨ "論"，原校：原本作"謂"，從儒學本改。

⑩ 原校：以上十七字原本作"常與一士人對話，其人成稱字學十三字"，從儒學本改。

⑪ "乃"，儒學本作"遂"。

⑫ "得"上，原校：儒學本有"用"字。

楊龜山《三經義》①

　　楊中立著《三經義辨》,② 以譏正王氏, 當矣, 然不作
可也。

孔子誅少正卯《春秋》不書於經③

　　少正卯之誅, 不見於《春秋》, 或者以爲非卿故不書,
非也。孔子之作《春秋》, 正以道不行,④ 故用空言以寄褒貶
耳。若少正卯之誅, 則其志可以少伸, 賞罰之權可以復振,
空言何用哉? 使二百四十年事事如此。⑤《春秋》雖不作, 可
也。而何少正卯之足書云。⑥

---

　　① "楊龜山三經義", 原校:儒學本作"三經辨"。
　　② "楊中立", 原校:原本作"楊龜山立", 從儒學本改。
　　③ "孔子誅少正卯《春秋》不書於經", 原校:儒學本作"春秋不書誅少正
卯"。
　　④ "正", 原校:儒學本"正"字作"其實"二字。
　　⑤ "二", 原校:原本作"三", 從儒學本、抄本改。
　　⑥ "而", 原校:原本無"而"字, 從儒學本補。

東坡《尚書》傳①

予居永嘉,② 嘗與陳元智共論《蘇東坡書傳》。③ 至《顧命》"成王崩,方殯,康王釋服離次,出車路門之外,受干戈虎賁之迎",以爲失禮,嘆訝久之。予曰:"唐呂諲乾元二年,同平章事,以母喪解;三月復召知門下省。④ 上元初,加同中書門下三品,⑤ 當賜門戟。或勸諲以凶服受吉賜不宜,諲釋衰拜賜。⑥ 人譏其失禮。此殆與周成王無異也。"⑦ 元智曰:"不然。康王雖幼,成王子也。周公雖死,猶有召公,⑧ 不容失禮如此。"以坡語爲非是。予固不然其語,然未有以難之,自爾遂歸。其後因讀《春秋》,及魯郊禘事,且見先儒謂:⑨ "周公有人臣所不能爲之功,故成王賜以人臣所不得用之禮樂。"而孔子蓋曰:"魯之郊禘,非禮也。周公其衰矣。"因思成王在時,已有此失,況康王乎?當賜周公天子禮樂時,

---

① "東坡尚書傳",原校:儒學本作"辨論東坡書傳"。
② 原校:"居",儒學本作"在"。
③ "嘗",儒學本無"嘗"字;"蘇",儒學本無"蘇"字。
④ "門"上,原校:原本有"同"字,從儒學本刪。
⑤ "加",原校:原本作"知",從儒學本改。
⑥ "衰",原校:原本作"哀",從儒學本、抄本改。
⑦ "成",原校:原本無"成"字,從儒學本補。
⑧ "召公",原校:儒學本作"召公尚在"。
⑨ "且",原校:儒學本無"且"字。

召公豈不在？中夕臥念及此，不覺拊髀曰："恨元智不在，當
折其角矣。"聊記於此，異日面會，① 當理前話作第一問，以
發一笑。

沈存中《筆談》説《虞書》②

　　沈存中《筆談》説："《虞書》'戛擊鳴球、搏拊琴瑟以
咏'。謂鳴球非可以戛擊也，和之至，咏之不足，有時而至於
戛且擊；琴瑟亦非可以搏拊也，③ 和之至，咏之不足，有時
而至於搏且拊。所謂手舞足蹈之而不知其然者。若然，則鳴
球、琴瑟，當不成聲，何名爲樂乎？"觀《詩新義》云：
"'方叔率止，鉦人伐鼓。'鉦所以退而止，鼓所以動而進，
方其動而進也。鉦人亦奮而伐鼓，則士勇於進，可見矣。夫
鉦鼓各自有人。今使鉦人奮而伐鼓，不幾於亂行乎。"此兩説
自是一類。予嘗以其語戲作聯句云：④ "士勇而前，致鼓鉦之
亂擊；樂和之至，令球瑟以無聲。"此亦可以一撫掌。⑤

---

　　① "面會"，原校：儒學本作"會面"。
　　② "沈存中筆談説虞書"，原校：儒學本作"辨戛擊鳴球、搏拊琴瑟與方叔率
止，鉦人伐鼓"。
　　③ "亦"，原校：儒學本無"亦"字。
　　④ "聯"，原校：儒學本作"對"。
　　⑤ "一"，原校：儒學本無"一"字。

舒州教官言《易》①

予先兄慶長嘗語:"予往守官舒州懷寧日,② 嘗與教官同候太守坐間。守問教官曰:③'如何是一陰一陽之謂道?'教官答云:④'道者,⑤ 在陰而陰得其一;⑥ 在陽而陽得其一。故曰一陰一陽之謂道。'又曰:'如何是陰陽不測之謂神?'答曰:'神者,⑦ 在陰而陰不測,在陽而陽不測,故曰陰陽不測之謂神。'⑧ 守甚喜其語。"⑨ 慶長對予再三誦之,予惜不記其人名字。慶長亦自能《易》,⑩ 予從問:"大衍之數,虛一不用,當其不用,一歸何處?"慶長舉起算子一把,良久笑云:"甚處去耶?"此亦有理。

---

① "舒州教官言易",原校:儒學本作"論易陰陽"。
② "日",原校:原本無"日"字,從儒學本補。
③ "官",原校:儒學本作"授"。
④ "教官答云",原校:四字儒學本作"教授曰三字"。
⑤ "者",原校:原本無"者"字,從儒學本補。
⑥ "一"下,原校:原本有"道"字,從儒學本刪。
⑦ "曰",原校:儒學本作"云"。
⑧ "神"下,原校:儒學本有"也"字。
⑨ "語",原校:儒學本作"言"。
⑩ "自",原校:儒學本無"自"字。

林元齡説《易》①

　　林元齡謂予言："龍門山人以《易》卜，② 而善言《易》，蓋嘗與論及《易》卦只有六爻，③ 而乾坤有用九用六，似有七爻，何也？山人曰：'易數也，數奇則無窮。三百八千四爻外，④ 則用九用六，此所以爲奇也。周天三百六十五度四分度之一者，⑤ 亦奇數也。'揚雄作《太玄》，遂有'踦嬴'二贊，蓋亦用九用六之謂也。不然，則《易》之數窮矣。"元齡甚喜其説，大抵《易》之爲書，無所不有。或以歷象，⑥ 或以卜筮，蓋不但性命之説也。大衍之數五十，其用四十有九，而乾用九，坤用六，⑦ 則非聖人不能也。⑧ 故曰："仁者見之謂之仁，智者見之謂之智。"

---

　　① 原校："林元齡説易"，儒學本作"易數"。

　　② "以"上，原校：原本有"者"字，從儒學本刪，"易卜"，原校：原本作"卜易"，從儒學本改。

　　③ "及"，原校：原本作"爻"，從儒學本改。

　　④ "千"，儒学本作"十"。

　　⑤ "者"，原校：原本無"者"字，從儒學本補。

　　⑥ "象"，原校：原本作"數"，從儒學本改。

　　⑦ "六"，原校：儒學本有此字。

　　⑧ "則"上，原校：儒學本有"此"字。

朱先生《易圖》①

朱先生《易》圖有《伏羲八卦圖》《文王八卦圖》。《伏羲圖》乾與坤對,②艮與兌對,震與巽對,離與坎對。《文王圖》則乾位西北,坤位西南,巽東南而艮東北,坎離震兌各居四方。其説本《易·説卦》:"天地定位,山澤通氣,雷風相薄,水火不相射。"曰:"此説伏羲《易》也。""帝出乎震,齊乎巽,相見乎離,致役乎坤,説言乎兌,戰乎乾,勞乎坎,成言乎艮。"又曰:"震,東方也。巽,東南也。③離者,明也,萬物皆相見,南方之卦也。坤也者,地也。兌,正秋也;乾,西北之卦也。坎者,水也,正北方之卦也。艮,東北之卦也。"曰:④"此説《周易》也。"予以爲不然。夫八卦自有定位,⑤非聖人所與。豈有伏羲、文王之異?如以《説卦》"天地定位,爲乾與坤對;山澤通氣,爲艮與兌對;雷風相薄,爲震與巽對;水火不相射,爲離與坎對",遂別之爲《伏羲卦圖》;⑥則《雜卦》所謂"乾剛坤柔,比樂師憂。

---

① "朱先生易圖",原校:儒學本作"伏羲文王八卦圖"。
② "乾"上,原校:儒學本有"則"字。
③ "也",原校:原本無"也"字,從儒學本補。
④ "曰",原校:原本無"曰"字,從儒學本、抄本補。
⑤ "有"上,原校:原本有"是"字,從儒學本刪。
⑥ "之",原校:儒學本作"立"。

臨觀之義，或與或求”，亦是卦卦相對，當又爲《孔子卦圖》
乎？予故不取其説。①

《禮記》蒲盧②

鄭氏《禮記》以蒲盧爲蜾蠃，謂土蜂也。沈存中曰：
“不然，蒲盧即蒲葦耳。故曰：‘人道敏政，地道敏樹。’③ 而
繼之曰：“夫政也者，蒲盧也。”蓋蒲葦之爲物，不擇地而
生，藝蒲葦者，④ 遂之而已。人之爲政，亦在遂之。所謂
“行其所無事也”。此説似好。然《爾雅》云：“蜾蠃，蒲
盧。”郭璞云：“即細腰蜂也，俗呼蠮螉。”今以蒲盧爲蒲葦，
恐無是理。當以《爾雅》、鄭氏爲正。然予觀《遁齋閒覽》，
又以蜾蠃、蠮螉、蒲盧爲三種，銜泥營窠於室壁間者，名蜾
蠃；穴地爲窠者，爲蠮螉；⑤ 窠於書卷或筆管中者，⑥ 名蒲
盧。不知遁齋何所據而言此。⑦《酉陽雜俎》又曰：“子書齋
前多蠮螉，蓋好窠於書卷筆管中。祝聲可聽。”此即與《遁

---

① “故”，原校：原本無“故”字，從儒學本補。
② “禮記蒲盧”，原校：儒學本作“論蒲盧即蠮螉”。
③ “樹”，原校：儒學本作“植”。
④ “蒲葦”，原校：二字原本作“葦”，從諸本改。
⑤ “爲”，原校：儒學本作“名”。
⑥ “中”，原校：儒學本無“中”字。
⑦ “齋”，原校：儒學本作“翁”，下同。

齋》所謂蒲盧無異。又別一種云顛當，窠深如蚓穴，網絲其中，土蓋與地平，則又似所謂蠮螉者。要之，名狀雖不同，然今流俗，但總呼爲蠮螉云。①

蒲盧蒲葦②

沈存中説："蒲盧爲蒲葦。"予嘗辯其非是。後讀陸氏《埤雅》云：③"細腰曰蒲，蓋匏類也，④故細腰、土蜂亦謂之蒲盧。"且引《中庸》"政猶蒲盧"之語謂：⑤"蒲根著在土，而浮蔓常緣於木，故亦謂之'果贏'。"⑥又引《本草》云："匏類，⑦小者名瓢。瓢取諸藻，蒲取諸蒲，⑧蒲善浮。"《詩》所謂"不流束蒲"者也。其説以匏、瓢、壺盧、蒲盧爲一類。⑨故在"釋草"部中。又《爾雅》義云：⑩"果贏、

---

① "但總"，原校：二字原本無，從儒學本補。
② "蒲盧蒲葦"，原校：儒學本作"果贏蒲盧"。
③ "埤"，原校：原本作"爾"，從儒學本改。
④ "蓋"，原校：原本作"盧"，從儒學本改。案《埤雅》云：細要曰："蒲，一曰蒲盧，則單上句，盧字作蓋，以屬下句文義較順。"
⑤ "引"，原校：儒學本作"考"。
⑥ "亦"，原校：原本無"亦"字，從儒學本補。"果"，原校：原本作"蜾"，從儒學本改。案《埤雅》作"果"。"贏"，原校：案《埤雅》作"贏"。
⑦ "匏"，原校：案《埤雅》作"瓠"。
⑧ 上"蒲"字，原校：原本作"盧"，從儒學本改。案《埤雅》作"蒲"。
⑨ "瓢"，原校：抄本作"瓠"。
⑩ "爾"上，原校：原本"爾雅"上無"又"字，"義"作"又"，從儒學本補改。

蒲盧、細腰，壺之有盧者也。"《楚辭》曰："玄蜂若壺。"取是焉。予以此方悟《爾雅》《中庸》之説，而鄭氏所注，蓋知其一，而不知其二也。存中擬於"地道敏植"之語，① 遂以爲"蒲葦"。其實未知"果蠃""蒲盧"之義。

《中庸》非全書②

予舊曾爲《中庸説》，謂《中庸》者，吾儒證道之書也。然至今疑自"春秋，修其祖廟，陳其宗器"以下一段，恐只是漢儒雜記。或因上文論武王周公達孝，遂附於此，當時雖爲之解，然非成説也。③ 又云："郊社之禮，所以祀上帝也。④ 宗廟之禮所以祀乎其先也，明乎郊社之禮，禘嘗之義，治國其如示諸掌乎？"此尤不可曉，按《論語》"或問禘之説，子曰：'不知也。知其説者之於天下也，其如示諸斯乎。'指其掌"，此孔子以當時之禘，有不如禮，不欲斥言之，因以掌而示門人，曰："其甚易知如此耳。"⑤ 弟子因而記當時孔子所謂示諸斯者，⑥ 是指其掌也。今《中庸》乃言治國，其如示

---

① "植"，原校：原本作"政"，從儒學本改，抄本作"樹"。
② "中庸非全書"，原校：儒學本作"漢儒誤讀論語"。
③ "成"，原校：原本作"誠"，從儒學本、抄本改。
④ "祀"，儒學本作"事"。
⑤ "知"，原校：原本無"知"字，從儒學本補。
⑥ "當時"，原校：二字原本無，從儒學本補。

諸掌，① 無乃非其義乎。②《仲尼燕居》又曰：③ "明乎郊社之禮，禘嘗之義，治國其如指其掌而已乎？" 予以此知二者皆漢儒誤讀《論語》之文，④ 因而立說非孔子意也。《中庸》本四十九篇，今一篇獨存。然以此觀之，恐亦非全書。

毛詩三百篇皆被弦歌⑤

《詩》三百篇，孔子皆被之弦歌。⑥ 古人賦詩見志，蓋不獨誦其章句，⑦ 必有聲韻之文，⑧ 但今不傳耳。琴中有《鵲巢操》《騶虞操》《伐檀》《白駒》等操，皆今詩文，則知當時作詩皆以歌也。又琴，⑨ 古人有謂之 "雅琴" "頌琴" 者，⑩ 蓋古之爲琴，皆以歌乎詩，古之《雅》《頌》，即今之琴操耳。《雅》《頌》之聲，固自不同，鄭康成乃曰《豳風》兼雅、頌。夫歌《風》安得與《雅》《頌》兼乎？舜《南風

---

① "其"，原校：儒學本無 "其" 字。
② "乎"，原校：儒學本作 "也"。
③ "仲尼"，原校：原本於此注 "當有缺文四字"，張本同。儒學本無，從刪。
④ "漢" 上，原校：儒學本有 "是" 字。
⑤ "毛詩三百篇皆被弦歌"，原校：儒學本作 "詩之雅頌即今之琴操"。
⑥ "之"，原校：原本無 "之" 字，從儒學本補。
⑦ "章"，原校：儒學本作 "書"。
⑧ "必"，原校：儒學本作 "下"。
⑨ "琴" 下，原校：原本有 "有" 字，從儒學本刪。
⑩ "有謂"，原校：二字原本無，從儒學本補。

歌》、楚《白雪辭》，本合歌舞；漢高帝《大風歌》、[1] 項羽《垓下歌》，亦入琴曲。今琴家遂有《大風起》《力拔山》之操，[2] 蓋以始語名之耳。然則古人作歌，固可彈之於琴。今世不復知此。[3] 予讀《文中子》，見其與楊素、蘇瓊、李德林語，歸而援琴鼓蕩之什，乃知其聲至隋末猶存。

逸詩不教讀不見取於孔子[4]

逸詩見於《論語》，如"素以爲絢兮""唐棣之華，偏其反而""豈不爾思？室是遠而"，此皆聖人以其言不合理而去之者，即此可見當時刪詩之意。子夏問曰：[5] "'巧笑倩兮，美目盼兮，素以爲絢兮'，何謂也？"[6] 子曰："繪事後素。"蓋詩人以素比質，以絢比禮。夫君子不可斯須去禮。[7] 而曰"繪事後素"，則是禮爲後乎？此其害理者，[8] 惟子夏知之，故曰：[9] "起予者，商也。"謂於聖人有所發也。今詩無"素

---

① "高"，原校：儒學本無"高"字。
② "之"，原校：原本無"之"字，從儒學本、抄本補。
③ "知"，原校：原本作"如"，從儒學本改。
④ "逸詩不教讀不見取於孔子"，原校：儒學本作"逸詩孔子刪而不取"。
⑤ "問"，原校：原本無"問"字，從儒學本補。
⑥ "也"，原校：原本有"孔子"，從儒學本刪。
⑦ "君"，原校：儒學本作"孔"。"去"，儒學本作"離"。
⑧ "理"，原校：儒學本作"禮"。
⑨ "曰"上，原校：儒學本有"子"字。

以爲絢兮"一句，則是孔子因而删之矣。《唐棣》之詩，① 人以比兄弟，唐棣之華蕚，② 上承下覆，今乃偏而相反，以喻兄弟相失。室以喻其所處，作詩者言兄弟豈不相思，③ 今乃相失如此，以所處之遠故也。夫兄弟之愛，天性也。豈以遠而不相好乎？④ 此尤害理者，⑤ 故孔子從而正之曰：⑥ "未之思也，夫何遠之有？"於是去而不取。⑦ 孔子於逸詩所不取之意，見於《論語》者如此，則其他可以類見也。今書傳所載逸詩⑧，抑又何限？⑨ 惟琴書載衛女之詩，所謂《思歸引》者，獨見全篇云："涓涓流水，流於淇兮。⑩ 有懷於衛，靡日不思，執節不移兮，行不詭隨。坎坷何辜兮，⑪ 離厥茨。"予觀是詩始言淇水，有似乎《竹竿》；次言離厥茨，有似乎《牆有茨》，則知逸詩之言，有類於詩者多矣，惟其不純，故不見取於孔子耳。或者嘗疑古詩三千餘篇，今存者三百五篇

---

① "之詩"，原校：二字儒學本作"者"。
② "蕚"，原校：儒學本作"蕚"。
③ "兄"上，原校：儒學本有"吾"字。
④ "而"，原校：儒學本作"故"。
⑤ "害"上，原校：儒學本有"其"字。
⑥ "正"，原校：儒學本作"止"，從儒學本改。
⑦ "去"，原校：原本作"取"，從诸本改。
⑧ "書"，原校：原本作"詩"，從儒學本改。
⑨ "抑"，原校：儒學本作"亦"。
⑩ "淇"上，原校：原本有"其"字，從儒學本删。
⑪ "坷"，原校：原本作"軻"，從儒學本改。

而已。孔子雖刪詩，安能十去九乎？① 以《論語》及衛女之詩考之，則孔子不取之意蓋如此。② 夫石鼓之文，猶不見於後世，況其他乎？

詩之亡者六篇皆笙奏③

《詩》之亡者六篇，《魚麗》之後，亡其三，④ 曰《南陔》《白華》《華黍》也，《南有嘉魚》《南山有臺》之後，亡其三，⑤ 曰《由庚》《崇丘》《由儀》也。皆曰："有其義而亡其辭。"毛氏注謂"遭戰國及秦世而亡之也"。故其詩辭不傳。⑥ 然六篇之亡，皆是一處，不應中間有《南有嘉魚》《南山有臺》二詩獨能存也。按《儀禮·鄉飲酒燕禮》："笙入於縣中，奏《南陔》《白華》《華黍》。"又曰："乃間歌《魚麗》，⑦ 笙《由庚》，歌《南有嘉魚》，笙《崇丘》，歌《南山有臺》，笙《由儀》。"此六詩者，皆於笙奏之。然當秦火之先，何此六笙詩獨亡？同舍商份曰：⑧ "不然。所謂'亡

---

① "去"上，原校：儒學本有"分"字。
② "不"上，原校：儒學本有"所"字。
③ "詩之亡者六篇皆笙奏"，原校：儒學本作"逸詩六篇笙歌"。
④ "三"下，原校：儒學本有"篇"字。
⑤ "三"下，原校：儒學本有"篇"字。
⑥ "辭"，原校：原本無"辭"字，從儒學本補。
⑦ "間"，原校：原本誤作"開"，從儒學本改。
⑧ "同"，原校：原本作"周"，從儒學本改。

其辭者’，‘亡’讀爲‘無’，謂此六詩於笙奏之。雖有其聲，本無辭句，不若《魚麗》《南有嘉魚》《南山有臺》，於歌奏之。歌，人聲也，故有辭耳，此笙與歌之異也。”《燕禮》又有“升歌《鹿鳴》，下管《新宮》”。毛氏云：“《新宮》亦詩篇名也，辭義皆亡，無以知其篇第之處。”商份曰：“此亦非也。管與笙，一類也。皆有其聲而已。[1] 故《新宮》詩亦亡。”然以予考之。《左傳·昭二十五年》：“宋公享昭子，賦《新宮》。”謂之“賦”，則非無辭矣。故後漢明帝養老，[2] 亦取歌焉，明帝去孔子删詩之世未遠，必得其辭，[3] 故得以播之咏歌。蓋未有有詩而無辭者，今逸詩見於經書者，此外又有《貍首》《騶駒》二詩。[4]《禮記·射義》：“諸侯以《貍首》爲節。”其下文云：“詩曰‘曾孫侯氏，四正具舉，[5] 大夫君子，凡以庶士，小大莫處，御於君所，以燕以射，則燕則譽。”鄭氏以爲此《貍首》之詩辭也。[6] 前漢江公謂：鼓吹笙曰歌《騶駒》。[7] 王式曰：“聞之於師，[8] 客歌《騶駒》，主人歌《客毋庸歸》。”文穎注云：“其詩曰：‘騶駒在門，僕夫

---

① “其”，原校：原本無“其”字，從儒學本改。
② “養老”，原校：原本無“養老”二字。
③ “得”，原校：儒學本作“見”。
④ “此外”，原校：二字原本無，從儒學本補。
⑤ “具舉”，原校：二字原本誤作“其體”，從儒學本改。
⑥ “以爲”，原校：原本作“此爲”，從儒學本改。
⑦ “謂鼓吹笙曰”原校：案《漢書·儒林傳》作“謂歌吹簫生曰”。
⑧ “式”，原校：原本誤作“或”，從儒學本改。

具存。① 驪駒在路，僕夫整駕。'"則《驪駒》詩亦非無辭也。以此知六笙詩，必皆有辭而亡之，當如舊説。然獨六笙詩亡，份之言則必有謂。② 姑著其語，以俟參考。

鄭康成以周禮學箋《毛詩》

詩人之語，要是妙思逸興所寓，固非繩墨度數所能束縛，蓋自古如此。予觀鄭康成注《毛詩》，乃一一要合《周禮》，《定之方中》云"騋牝三千"，則云："國馬之制，天子十有二閑，馬六種，三千四百五十六匹，邦國六閑，馬四種，千二百九十六匹。衛之先君兼邶、鄘而有之，而馬數過制。"《采芑》云"其車三千"，則云："司馬法：兵車一乘，甲士三人，③ 步卒七十二人。宣王承亂，羨卒盡起。"《甫田》云"歲取十千"，則以爲井田之法則，④ 一成之數。《樸樕》云"六師及之"，則以爲殷末之制，未有《周禮》，《周禮》"五

---

① "具"，原校：原本作"其"，從諸本改。
② "份之言則必有謂"，原校：以上七字原本作"則謂份之言"，抄本作"則必謂份之言"，其下均有"蓋得之鄭樵，樵，博聞士也"十字，文義殊不貫，實從儒學本改删。
③ "士"，原校：原本作"十"，從儒學本改。案毛詩注作"士"。
④ "則"，原校：儒學本無"則"字。

師爲軍,[①] 軍萬二千五百人"。[②] 如此之類,皆是束縛太過,不知詩人本一時之言,不可以一一牽合也。[③] 康成蓋長於禮樂,[④] 以禮而言詩,過矣。近世沈存中論詩亦有此癖,遂揭老杜"霜皮溜雨四十圍,黛色參天二千尺"爲太細長。[⑤] 而説者辨之曰:"只如杜詩有云:'大城鐵不如,小城萬丈餘。'世間豈有萬丈城哉?亦言其勢如此耳。"予謂周詩之"崧高維岳,峻極於天",[⑥] 岳峻豈能及天?所謂不以辭害意者也。文與可嘗有詩與東坡曰:"擬將一段鵝溪絹,掃取寒梢萬丈長。"坡戲謂與可曰:"竹長萬丈,當用絹二百五十匹。[⑦] 知公倦於筆研,[⑧] 願得此絹而已。"與可無答,[⑨] 則曰:"吾言妄矣。"世豈有萬丈竹哉?坡從而實之,[⑩] 遂答其詩曰:"世間亦有千尋竹,月落空庭影許長。"[⑪] 與可因以所畫《篔簹偃谷

---

① "周禮",原校:原本不叠"周禮"二字。"五"作"伍",從儒學本補改。案毛詩注重"周禮",二字亦作"五"。

② "萬",原校:原本脱"萬"字,從諸本補。案毛詩注有"萬"字。

③ "以",原校:儒學本無"以"字。

④ "樂",原校:儒學本作"學"。

⑤ "揭",原校:儒學本作"謂"。

⑥ "之",原校:儒學本作"云"。

⑦ "二",原校:儒學本作"一"。

⑧ "研",儒學本作"硯"。

⑨ "答"上,原校:儒學本有"以"字。

⑩ "實",原校:原本作"賞",從諸本改。

⑪ "空庭",原校:二字原本作"實庭",從諸本改。

竹》遺坡曰:①"此竹數尺耳，而有萬丈之勢。"觀二公談笑之語如此，可見詩人之意。若使存中見之，無乃又道太細長耶?

《論語》自有章句而説者亂之②

《論語》自有章句，而説者亂之。《論語》中固有因古語而爲説者，如"祭如在，祭神如神在"，此兩句正是古語。其下曰"子曰:③ 吾不與祭，如不祭"云者，乃孔子因此語有所感發，故爲是説也。以類求之:"'唐棣之華，偏其反而。豈不爾思，室是遠而。'子曰:'未之思也，夫何遠之有?'""不恒其德，④ 或承之羞。子曰:'不占而已矣。'""色斯舉矣，翔而後集。曰:'山梁雌雉，時哉! 時哉!'""微子去之，箕子爲之奴。比干諫而死，孔子曰:'殷有三仁焉。'"凡此類皆因上句而立説，則上句乃亦古語耳。弟子因而並記之，章次如此。説者以其始語無"孔子曰"字，⑤ 遂

---

① "因以所畫筥筤偃谷竹"，原校:以上九字張本作"會坡意即寫修竹數竿"。

② "論語自有章句而説者亂之"，原校:儒學本作"辨論語分章句"。

③ "下"，原校:原本無"下"字，從儒學本補。

④ "恒"，原校:儒學本作"常"。

⑤ "孔"，原校:儒學本無"孔"字。

或以上句附前段而爲説。① 至以"唐棣"比可與權，誤矣。又如"德行：顏淵、閔子騫、冉伯牛、仲弓；言語：宰我、子貢；政事：冉有、季路；文學：子游、子夏"。其下繼以"子曰：'回也，非助我者也，於吾言無所不説。'子曰：'孝哉！閔子騫。人不間於其父母昆弟之言'"。此宜是一章。德行、言語、政事、文學，説者以爲四科。蓋是孔門中，當時有此科目，弟子記之，遂因而記孔子所言"顏閔於其後"。以見顏閔所以列於德行，爲四科之首者，② 如此。此二"子曰"連四科而爲説亦可，蓋文理或然爾。以類求之，如"柴也愚，參也魯，師也辟，由也喭"，此四句亦必當時有此品論。③ 其下云"子曰：'回也其庶乎，屢空。賜不受命，而貨殖焉，億則屢中'"者，亦與記顏閔同也，此當是一章。又如"逸民：伯夷、叔齊、虞仲、夷逸、朱張、柳下惠、少連"，繼以"子曰：'不降其志，不辱其身，伯夷、叔齊與？'"至"我則異於是，無可無不可"，此又是一章。文勢與前二章正是一類。④ 説者又以始語無"子曰"字，⑤ 多以四科連上文"從我於陳蔡者，皆不及門也"爲一章。⑥ 若然，

---

① "句附前"，原校：儒學本無"句附前"三字。
② "爲"上，原校：儒學本有"而"字。
③ "品論"，原校：二字儒學本作"論語"。
④ "二"，原校：儒學本作"一"。
⑤ "始"上，原校：儒學本有"其"字。
⑥ "也"，原校：儒學本無"也"字。

則“柴也愚參也魯”當附“冉求聚斂”之下，① 而“逸民”者，又當與“子路對荷蓧丈人”處並而爲一也，可乎?②《論語》章句如此，而説者亂之，遂失其義，兹不可以不正。

《論語》有譬喻之言③

《論語》有譬喻之言，而後世以爲誠然者。④ 子曰：“賜不受命，而貨殖焉。”貨殖蓋譬喻也。意謂子貢學道不能虛中，如人之貨殖，無所不有也。故以對顔淵“屢空”而言。⑤ 而《史記·子貢傳》遂云：“子貢好廢舉，與時轉貨貲。”且復傳之貨殖。乃云：“七十子之徒，賜最爲饒益。原憲不厭糟糠，匿於窮巷，子貢結駟連騎，束帛之幣，⑥ 以聘享諸侯。”此其語本出《莊子》。⑦《莊子》曰：“原憲居魯，環堵之室，茨以生草，蓬户不完，桑以爲樞，而甕牖二室，⑧ 褐以爲塞，⑨ 上漏下濕，匡坐而弦。子貢乘大馬，中紺而表素，軒

---

① 原校：儒學本無二“也”字。
② “可”上，原校：儒學本有“而”字。
③ “論語有譬喻之言”，原校：儒學本作“論語賜不受命而貨殖焉”與“夫焉用彼相矣”皆是譬喻。
④ “者”下，原校：儒學本有“矣”字。
⑤ “以”，原校：原本無“以”字，從儒學本補。
⑥ “之”，原校：原本作“走”，從儒學本改。
⑦ “出”，原校：原本無“出”字，從儒學本補。
⑧ “二”，原校：儒學本、抄本作“之”。
⑨ “褐”，原校：原本作“楬”，從儒學本改。

車不容巷，往見原憲。原憲華冠縱履，杖藜而應門。子貢曰：'嘻！先生何病？'原憲應之曰：'憲聞之，無財謂之貧，學而不能行，謂之病。今憲貧也，非病也。'子貢逡巡而有愧色。"《莊子》蓋寓言也。而太史公不之察，① 又於《原憲傳》著其語，皆由讀《論語》貨殖一言之誤耳。又《論語》所謂"焉用彼相者？"② 此"相"字亦譬喻。《記》曰："如瞽者之無相，倀倀乎其何之？"③ 師冕見子張曰："與師言之道與？"子曰："然，固相師之道也。"所謂相者如此。故曰："危而不持，顛而不扶，則將焉用彼相矣？"而今之學者，④ 皆指爲輔相之相，則亦誤矣。⑤

道人説《論語》⑥

林邦翰爲予言："嘗見一道人説《論語》'子釣而不綱，弋不射宿'，⑦ 頗有理。"予願聞之。邦翰曰："道人云此兩

① "之"，原校：儒學本無"之"字。
② "焉"上，原校：原本有"則將"二字，從儒學本補。
③ "乎"，原校：原本無"乎"字，從儒學本補。
④ "故曰危而不持顛而不扶則將焉用彼相矣而"，原校：以上十八字原本無，從儒學本補。"之"，原校：原本無"之"字，從儒學本補。
⑤ "亦"，原校：原本無"亦"字，從儒學本補。
⑥ "道人説論語"，原校：儒學本作"語子釣而不綱弋不射宿"。
⑦ "射"，原校：原本誤作"禽"，從諸本改，下同。"宿"下，原校：儒學本有"處"字。

句，是聖人心存教化，聖人本無心於取物。其'釣而不綱'者，示其貪則取之也。'弋不射宿'者，示其動則取之也。其意在於戒世之貪得與妄動者耳。不然，聖人豈徒爲是弋與釣也哉。時一坐莫不稱嘆。"① 予曰："此説本是道人家一邊所見而已。聖人之言，② 要非一端可盡。"

《孟子》難讀③

孟子之書，有一言而可萬世行之者，④ 有言之今日而明日不可用者。孟子之書，要自難讀，孟子不見諸侯，而見梁惠王，學者至今疑之。雖然孟子豈無操持者哉？此固孟子開卷第一義也。孟子之書，類多如此。近日學者，⑤ 遂立一説以非孟子，⑥ 所謂"蚍蜉撼大樹，可笑不自量"者耶。

---

① "時"上，原校：儒學本有"於"字。
② "聖"上，原校：儒學本有"然"字。
③ "孟子難讀"，原校：儒學本作"孟子之書難讀"。
④ "一"，原校：原本無"一"字，從儒學本補。"而可萬世行之者"，原校：原本作"而可爲萬世用者"，從儒學本改。
⑤ "近日"，原校：二字原本無，從儒學本補。
⑥ "一"，原校：原本無"一"字，從儒學本補。

《孟子》莊暴一章①

　　《孟子》：“莊暴見孟子，曰：‘暴見於王，王語暴以好樂。’”此一章皆言悅樂之樂，而世讀爲禮樂之樂，誤矣。如：“孟子見梁惠王。王立於沼上，顧鴻雁麋鹿，曰：‘賢者亦樂此乎？’”“齊宣王見孟子於雪宮。王曰：‘賢者亦有此樂乎？’”則所言皆主於行樂而已，②豈暇論禮樂哉！及孟子問王，王曰：“寡人非能好先生之樂也，直好世俗之樂耳。”③則其心不能無愧於孟子也。而孟子謂王：“苟能與民同樂，則雖好樂無害也。”④蓋孟子與王言，所以因其勢而利導之，每每如此。王曰：“寡人好貨。”孟子曰：“昔者公劉好貨。”王曰：“寡人好色。”孟子曰：“昔者大王好色。”⑤王曰：“寡人好勇。”孟子曰：“文武一怒而安天下之民，今王亦一怒而安天下之民。”⑥王曰：“寡人好世俗之樂。”孟子又曰：“王之好樂甚，則齊其庶幾乎？”⑦所謂其應如響，其實陽開而陰

---

① “孟子莊暴一章”，原校：儒學本作“辨孟子習悅樂鼓樂之異”。
② “已”，原校：儒學本無“已”字。
③ “耳”，原校：儒學本無“耳”字。
④ “也”，原校：儒學本無“也”字。
⑤ “好色”，原校：二字儒學本作“愛厥妃”三字。
⑥ “今王亦一怒而安天下之民”，原校：儒學本無“今王亦一怒”十一字。
⑦ “乎”，原校：儒學本無“乎”字。

塞之也。① 鼓樂與田獵，所以爲樂者也。此一章惟"鼓樂"當爲"禮樂"字，② 其他"獨樂樂"與"衆樂樂"，亦"悦樂之樂"也。不然，則方言"禮樂"，而又及"田獵"，無乃非其類乎？或曰："若皆以爲'悦樂之樂'，③ 則所云'先王之樂''世俗之樂'何謂？"④ 蓋齊宣王嘗曰："吾何修而可比於先王觀也？"⑤ 言先王觀則樂，言先王樂有何不可？⑥ 柳子厚於《非國語·無射》篇，嘗引孟子"今樂猶古樂"之説，曰："吾以孟子爲知樂。"無乃亦承襲之誤耶。⑦

孟子文章最爲巧妙⑧

文章鋪叙事理，要須往復上下，宛轉鈎貫，令人一讀終篇，不可間斷，乃爲盡善。⑨ 蓋自《六經》《論語》之外，惟《孟子》最爲巧妙。今録二章於此，可見其法。如是《萬章》

---

① "閟"，原校:儒學本作"聞"。"塞"，原校:儒學本作"衾"。
② "字"，原校:原本無"字"字，從儒學本補。
③ "皆"，原校:原本無"皆"字，從儒學本改。
④ "所"，原校:原本無"所"字，從儒學本補。
⑤ "宣"，原校:原本無"宣"字，從儒學本補。
⑥ "言先王觀則樂言先王樂有何不可"，原校:以上十四字原本脱，從儒學本補。
⑦ "無"，原校:原本無"無"字，從儒學本補。
⑧ "孟子文字最爲巧妙"，原校:儒學本作"論孟子之書有巧妙處"。
⑨ "乃"，原校:儒學本作"方"。

曰：①"堯以天下與舜，有諸？"孟子曰："否，天子不能以天下與人。""然則舜有天下也，孰與之？"曰："天與之。""天與之者，諄諄然命之乎？"曰："否，天不言，以行與事示之而已矣。"曰："以行與事示之者，如之何？"曰："天子能薦人於天，不能使天與之天下；諸侯能薦人於天子，不能使天子與之諸侯；大夫能薦人於諸侯，不能使諸侯與之大夫。昔者，堯薦舜於天，而天受之；暴之於民，而民受之。故曰，天不言，以行與事示之而已矣。""敢問薦之於天，而天受之；暴之於民，而民受之，如何？"②曰："使之主祭，而百神享之，是天受之也；使之主事，而事治，百姓安之，是民受之也。天與之，人與之。故曰天子不能以天下與人。舜相堯二十有八載，非人之所能爲也，天也。堯崩，三年之喪畢，舜避堯之子於南河之南，天下諸侯朝覲者，不之堯之子而之舜；訟獄者，不之堯之子而之舜；謳歌者，不謳歌堯之子而謳歌舜，故曰天也。夫然後之中國，踐天子位焉。而居堯之宮，逼堯之子，是篡也。非天與也。③《泰誓》曰：④'天視自我民視，天聽自我民聽。'此之謂也。"吾謂此一章，似長

---

① "是"，原校：儒學本作"云"。
② "如何"，原校：原本作"何如"，據《孟子》正，張本作"如何"。
③ 原校：儒學本於"孟子曰否"下作止字，使接《泰誓》曰，不全引《孟子》文。
④ "泰"，原校：原本作"太"，從儒學本改。

江巨浸，瀰漫無際，而渾浩回轉，① 不可名狀。又如《萬章》曰：②“‘百里奚自鬻於秦養牲者，五羊之皮。食牛，以要秦穆公。’信乎？”孟子曰：“否，不然。好事者爲之也。百里奚，虞人也。晋人以垂棘之璧，屈産之乘，假道於虞以伐虢。宫之奇諫，百里奚不諫，知虞公之不可諫而去之秦，年已七十矣。曾不知以食牛干秦穆公之爲污也，可謂智乎？不可諫而不諫，可謂不智乎？知虞公之將亡而先去之，不可謂不知也。時舉於秦，知穆公之可與有行也而相之，可謂不智乎？相秦而顯其君於天下，可傳於後世。不賢而能之乎？自鬻以成其君，鄉黨自好者不爲，③ 而謂賢者爲之乎？”吾謂此一章似布泉懸水，④ 下注萬仞，怒沫狂瀾，乍起乍伏，澒洞洶涌。而觀者竦然。蓋此二章文字曲折萬變而首尾渾成，理致詳盡如此，此孟子之妙處，而學者不論，予故表而出之，恐亦後學者之所宜聞也耶。⑤

---

① “回”，原校：原本作“四”，從諸本改。
② “曰”，原校：張本有“或曰”二字。
③ 原校：儒學本於“百里奚自鬻於秦”下作一止字，使接“而謂賢者爲之乎”。
④ “布”，原校：儒學本作“百”。
⑤ “耶”，原校：儒學本無“耶”字。

卷之二

史　類

左氏載楚右尹子革語

予讀《左氏》右尹子革與王言如響，析父語之，子革曰："摩厲以須，王出，吾刃將斬矣。"王出復語，子革乃誦《祈招》之詩。嘗戲謂子革："固善諫矣。"然使劉曒聞之，則子革不免爲弑君。劉曒正色詰郭彰，彰怒曰："我能截君角也。"曒勃然謂彰曰："君何敢擅寵作威福，天子法官而欲截角乎！"求紙筆奏之，眾人解釋，乃止。今子革乃曰："摩厲以須，王出，吾刃將斬矣，子革不亦危哉？"每讀至此，不覺失笑。以吾觀之，劉曒之言正似兒戲，而史臣乃載之以爲鯁直，何耶？①

---

① 原校：抄本有夾注："郭璋截君角附六字。"

左氏傅會《論語》

左氏有傅會《論語》處甚多，子曰：“賜不受命，而貨殖焉，億則屢中。”左氏曰：“賜不幸言而中，是使賜多言也。”子曰：“片言可以折獄者，其由也與？”左氏曰：“小邾射以句繹來奔，曰：‘使季路要我，吾無盟矣。’此皆附會之言，不足取信。”① 子曰：“爲命，裨諶草創之。”而左氏遂曰：②“裨諶謀於野則獲。”蓋以草爲草野之草，且其所叙復與《論語》異，當以《論語》爲正。

司馬遷淺陋③

《論語》本無異義，然前世頗有因其言而失之者。司馬遷書《伯夷傳》，載“伯夷叩馬而諫，④ 父死不葬”之語，是因孔子有“餓於首陽”之事而增益之也。⑤《宰我傳》載“宰我與田常作亂事”，是因孔子有“予也無三年之愛於父

---

① “信”，原本無“信”字，從儒學本補。
② “而”，原本無“而”字，從儒學本補。抄本無“而”字，多“當與天造草昧之草同一”句。“曰”，原校：儒學本作“云”。
③ “司馬遷淺陋”，原校：儒學本作“左氏孟子司馬遷揚雄失論語之意”。
④ “叩”，原校：原本作“扣”，從儒學本改。
⑤ “有”，原校：原本無“有”字，從儒學本補。

母”之説而妄意之也。① 遷於著述勤矣，然其爲人淺陋不學，疏略而輕信，多愛而不能擇，故其失如此。予獨喜孟子於伊尹不信割烹，於百里奚不信食牛，於孔子不信侍人瘠環之事。辯證甚明，過遷遠甚。然於《論語》亦不能無失。孔子曰：“管仲之器，小哉！”孟子因之，故曰：“管仲，曾西所不爲。”② 而不謂孔子以仁許之也。孔子曰：子産“惠人也”。孟子因之，故曰：“惠而不知爲政。”而不謂其有君子之道四也。孔子曰：“言必信，行必果，硜硜然小人哉。”意謂必立然諾以爲信，必犯患難以爲果者，乃所謂小人也。③ 孟子因之，故曰：“大人者，言不必信，行不必果。”此則孔子去食、去兵之意矣。凡此皆因孔子之言，而失之者也。④ 孟子猶然，況太史公乎。《論語》曰：“爲命，裨諶草創之。”“草”當與“天造草昧”之“草”同。而《左氏》因之，遂謂：“裨諶謀於野則獲。”其後，楊子雲作《法言》，以擬《論語》。孔子曰：“君子不器。”揚子便曰：⑤“君子不械。”是何等語，此又在史遷下矣，可以發千載一笑。

---

① “是”，原校：原本無“是”字，從儒學本補。“也”，原校：儒學本作“宰予”。“之”，原校：儒學本無“之”字。
② “所”上，原校：儒學本有“之”字。“爲”下，原校：儒學本有“也”字。
③ “人也”，原校：儒學本無“人也”二字。
④ “者也”，原校：二字原本無，從儒學本補。
⑤ “揚”上，原校：儒學本有“而”字。

《史記》不載齊宣王伐燕事①

　　齊宣王伐燕，見於《孟子》，而《史記》無其事。《齊世家》"惟湣王時伐宋，亦不言伐燕也。"《燕世家》乃云："燕王噲立三年，聽蘇代言，以國讓相子之。國大亂，將軍市被與太子平謀，將攻子之，不克；市被及百姓反攻太子平。市被死以徇，構難數月，死者數萬，衆人恫怨恐，②百姓離志。"孟軻謂齊王曰："'今伐燕，此文武之時，不可失也'。王因令章子將五都之兵，因北地之衆以伐燕。燕君噲死，齊大勝，燕子之亡。二年，而燕人共立太子平，是爲燕昭王。"此與"孟子沈同問答"事同，③則此伐燕，④乃湣王也。燕王噲之立，當湣王之四年，噲亡，而昭王立。"昭王二十八年，燕與秦楚三晉五國共擊齊，燕獨入至臨淄，取其寶器，湣王謀走莒。"⑤此則孟子所謂"諸侯多謀救燕，伐寡人者也"，皆湣王時事。孟子游齊梁，當知其詳，其自著書，不知緣何誤爲宣王。退之曰："軻所書，非軻自著。其徒相與記軻所言

_____

　　① "史記不載齊宣王伐燕事"，原校：儒學本作"湣王伐燕孟子誤以爲齊宣王"。

　　② "恐"，原校：原本作"怨"，從儒學本改。案《史記》作"恐"。

　　③ "孟子"，原校：二字原本脱，從儒學本補。

　　④ "則"，原校：原本無"則"字，從儒學本補。

　　⑤ "謀"，原校：儒學本作"去"。

焉耳。"① 意其以此，故誤也。②

《唐史》稱房杜不言功③

《唐史》稱房杜不言功，予謂此乃庸人鄙夫持禄固位者
得以藉口也。爲人臣而不言功，將何言乎？堯之於舜也，曰：
"底可績。"舜之於禹也，曰："時乃功。"舜禹未嘗不以功言
也。稷有播種之功，契有敷教之功，皋陶之功在於明刑，后
夔之功在於典樂，伊尹以伐夏救民爲功，周公以制禮作樂爲
功，此數君子亦未嘗不以功言也。④下至蕭曹丙魏，皆非無
功者，⑤豈房、杜獨無可言，而得稱賢相乎？且爲相與用兵
異。⑥故子房無智名、無勇功者，兵以密爲機故也。今史之
稱二人也，既曰："玄齡善謀，如晦能斷矣。"又曰："求其
所以致之之迹，殆不可見。"豈謀斷非其所致之蹟乎？若夫世
之庸人鄙夫，⑦阿意求合，日復一日，歲復一歲，不聞施設，
將與草木共盡。此孔子所謂"斗筲之徒，何足算者也"，⑧而

---

① "軻"，原校：原本無"軻"字，從儒學本補。
② "也"，原校：原本作"耳"，從儒學本改，抄本作"耶"。
③ "唐史稱房杜不言功"，原校：儒學本作"辨房杜不言功"。
④ "亦"，原校：原本無"亦"字，從儒學本補。
⑤ "皆"，原校：儒學本作"亦"。"者"，原校：原本無"者"字，從儒學本補。
⑥ "且"，原校：原本無"且"字，從儒學本補。
⑦ "夫"，原校：儒學本作"乃"。
⑧ "徒"，原校：儒學本"徒"作"人"，"何"作"不"。

猥以藉口輔相彌縫，① 藏諸用，不知其誰欺乎？

《唐史·贊》有相反處②

《唐史·贊》自有相反處，於志寧知高宗之昧，③ 及武后立，不敢出一言。與魏元忠、韋安石在昏主側臣間，不一引手摟奸邪之謀，④ 一也。而《贊》乃謂："志寧知雖死無益，而以魏、韋爲鄙。⑤ 至贊韋處厚，則又謂：穆、敬、文三宗，⑥ 主皆弗類，而一納以忠，爲以堯事君，此相反也。⑦ 張巡守睢陽食愛妾，與劉昌守寧陵，斬孤甥，一也，而《贊》乃謂：昌無罪而斬其甥，士心且離，不祥莫大焉。至以杜牧所稱："巡、遠陷睢陽，⑧ 其名傳；昌全寧陵，而事不得暴於世。"爲牧未之思，此相反也。蓋鄙魏、韋，取處厚，則志寧不免爲佞臣；以昌斬孤甥爲不祥，則巡食三萬口不得爲美事。此是則彼非，不知史臣之意何在。

---

① "輔"上，原校：儒學本有"曰"字。"輔"，原校：儒學本作"朝"。
② 原校：儒學本"贊"下有"自"，字末無"處"字。
③ "知"，原校：原本無"知"字，從儒學本補；"昧"，原校：原本作"時"，從儒學本改。
④ "之"，原校：原本作"亡"，從儒學本改。
⑤ "而以魏、韋爲鄙"，原校：六字儒學本作"而魏爲韋鄙"。
⑥ "宗"，原校：儒學本作"君"。
⑦ "此"上，原校：儒學本有"則"字。
⑧ "陽"，原校：原本無"陽"字，從儒學本改。

卷之三

子　類

《莊子》寓言無實①

　　堯讓天下於許由，②許由不受。此《莊子》寓言也，而後世信之。東坡居士曰："巢由不受堯禪，堯舜不害爲至德。夷齊不食周粟，湯武不害爲至仁。"故孔子不廢是説曰："《武》，盡美矣，未盡善也。"揚雄者，獨何人乃敢廢此，曰："允哲堯儃舜之重，則不輕於由矣。"陋哉斯言！使夷齊不經孔子，雄亦且廢之矣。予以爲不然。雄之言蓋出於《史記》，太史公曰："堯將遜位，讓於虞舜，③舜禹之間，④岳牧咸薦，乃試之於位，典職數十年。功用既興，然後授政。示

---

①　"莊子寓言無實"，原校：儒學本作"莊子寓言太史公揚雄咸以爲然"。

②　"許"，原校：原本無"許"字，從儒學本、抄本補。

③　"讓"，原本無"讓"字，從儒學本補。案《史記·伯夷傳》有"讓"字。

④　"舜禹之間"，原校：四字原無，從儒學本補。案《史記》有此句。

天下重器，王者大統，傳天下若斯之難也。而説者曰："堯讓天下於許由，許由不受，① 恥之逃隱。② 及夏之時，有卞隨、務光者。此何以稱焉？"③ 太史公好奇多愛，而不取許由之説，何哉？不然雄之陋則有自矣。④ 予觀《莊子》言："堯舜又以天下讓子州支伯與善卷、石户之農。"⑤ 又言："堯之師曰許由，由之師曰齧缺，⑥ 齧缺之師曰王倪，王倪之師曰被衣。"⑦ 此其人名字與子虚、無是烏有無異？⑧ 凡《莊子》所言，⑨ 若孔子見老子猶龍之語，皆無其實，⑩ 不可信。

揚雄不知性與心⑪

揚雄不獨不知性，亦自不知心。⑫ 雄謂：⑬ "心潛天而天，

---

① "許"，原校：原本無"許"字，從儒學本、抄本補。
② "逃隱"，原校：二字原本作"而逃"，從儒學本改。案《史記》作"逃隱"。
③ "以"上，原校：原本有"足"字，從儒學本删。案《史記》無"足"字。
④ "不然雄之陋則有自矣"，原校：以上九字原本無，從儒學本補。
⑤ "支"，原校：原本作"攴"，從諸本改。"善"上，原校：儒學本有"興"字。
⑥ "齧"，原校：原本無"齧"字，從儒學本補。
⑦ "王"，原校：原本無"王"字，從儒學本補。
⑧ 下"無"，原校：儒學本作"何"。
⑨ "凡"上，原校：儒學本有"故"字。
⑩ "無"上，原校：儒學本有"寓言"二字。"其"，原校：儒學本無"其"字。
⑪ "揚雄不知性與心"，原校：儒學本"性"與"心"作"心性"二字。
⑫ "自"，原校：原本無"自"字，從儒學本、抄本補。
⑬ "雄"，原校：原本作"誰"，從諸本改。

潛地而地。天地，神明而不測者也，① 心之潛也，猶將測之。"② 却不似莊子之言曰："聖人之心靜乎！天地之鑑也，萬物之鏡也。"則是此心大於天地，天地萬物，固不逃於鑑照者。③ 又豈待潛天地而後測天地乎？雄惟不知心故，亦不知天地，以心爲二於天地，此雄之陋也。《楞嚴經》曰："一人發真歸源，十方虛空，悉皆銷殞。"④ 當知虛空生汝心內，況諸世界在虛空耶？⑤ 周之言正與此語合。

揚子《法言·太玄經》⑥

揚子雲《法言》多致意於真僞之際曰：⑦ "觀人者，審其作輟。爲政者，核其真僞。象龍之難於致雨也，尸鳩之不可傅翩也。⑧ 學仲尼者，比之羊質虎皮；行儀秦者，比之鳳鳴鷙翰。巫步多禹，而醫多盧，則以爲托也。"此其志在於譏王莽，⑨ 然吾恐雄亦未免於托。雄作《太玄》以擬《周易》，或

---

① "者"，原校：儒學本無"者"字。
② "之"，原校：原本無"之"字，從儒學本、抄本補。案《法言》有"之"字。
③ "者"下，原校：儒學本有"也"字。
④ "殞"，原校：儒學本作"滅"。
⑤ "況"，原校：原本作"觀"，從儒學本改。
⑥ "揚子法言太玄經"，原校：儒學本作"法言多致意於真僞之際"。
⑦ "雲"，原校：儒學本無"雲"字。
⑧ "鳩"，原校：原本作"鵝"，從儒學本改。案《法言》當作"鳩"。
⑨ "志"，原校：儒學本作"意"。

者比之吴楚僭王，顧非僞乎？此目睫之論也。

韓退之謂荀楊未醇①

韓退之謂："荀、楊爲未醇。"② 以予觀之，愈亦恐未免。③ 蓋有流入異端而不自知者。愈之《原性》以爲"喜怒哀樂皆出乎情而非性"，則流入於佛老矣。《原人》曰："一視而同仁，篤近而舉遠。"則流入於墨氏矣。《原道》鄙莊周之剖斗折衡，④ 而著論排三器，則與莊周何異？此亦愈之未醇也。⑤ 方知愈闢佛老而事大顛，⑥ 不信方士而服硫黄，未足多怪。

蘇子由解老子與佛書合⑦

蘇子由作《老子解》，多與佛書合，亦時用其語。⑧ 當是

---

① "醇"，原校：原本"醇"作"純"，今正作"醇"。"韓退之謂荀楊未醇"，原校：儒學本作"韓愈流入異端"。

② "醇"，原校：原本作"純"，從儒學本改，下同。

③ "免"，原校：原本作"純"，從儒學本改。

④ "鄙"，原校：原本作"非"，從儒學本改。

⑤ "亦"，原校：原本作"則"，從儒學本改。

⑥ "方"，原校：原本作"可"，從儒學本改。

⑦ "蘇子由解老子與佛書合"，原校：儒學本作"蘇黄看佛書"。

⑧ "亦時"，原校：儒學本作"時亦"。

先看佛書，知其旨趣，故時時參用耳。其與筠僧道全語，自謂得之儒書，① 此誇全也。② 予嘗恨歐陽公文章議論，高出千古，而猶未能免俗，惜乎其不看佛書也。子由又嘗與予瞻語，子瞻以其所解《老子》比《詩》《春秋傳》《古史》差不及。此亦是子由與佛書未能自得，故雖用其意，而時有牽強。比三書言古今之迹，③ 自是不及，以此故，④ 屢曾刊定，屢質之子瞻。晚年得子瞻一言，⑤ 方肯自信。予觀黃魯直嘗讀《列子》，便謂普通年中事，不從蔥嶺傳來，使魯直不先看佛書，亦安知此書之妙。

---

① "儒"，原校：原本作"佛"，從儒學本、抄本改。
② "此誇全也"，原校：四字原本無，從儒學本補，抄本脫"誇全"二字，"此"下"也"上空一格。
③ "比"，原校：原本作"此"，從儒學本改。
④ "以此"，原校：二字原本無，從儒學本補。
⑤ "得"上，原校：原本有"多"字，從儒學本刪。

卷之四

讀書類

前輩讀書類皆成誦[①]

世傳蔡相當國日，有二人求堂除。適有、美闕，[②] 二人競欲得之，且皆有薦拔也。[③] 蔡莫適所與，即謂曰："能誦盧仝《月蝕》詩乎？"[④] 內一耆年者，應聲朗念，如注瓶水，音吐鴻暢，一坐盡傾。蔡喜，遂與美除。"頃因夜話及此，予因嘆前輩讀書，[⑤] 類皆成誦如此，不似今人滅裂。艾慎幾云："《月蝕》詩要是難讀，遽讀之，有不能句者。"予曰："柳子厚《天對》更自難讀，時時問人，人皆不解。其屈曲聱牙，

---

① "前輩讀書類皆成誦"，原校：儒學本作"前輩讀書不似今人滅裂"。

② "美"上，原校：儒學本有"一"字。

③ "拔"，原校：儒學本作"授"。

④ "盧"上，原校：儒學本有"得"字。

⑤ "嘆"，原校：原本作"言"，從儒學本改。

不獨三《盤》五《誥》也。只此便可成侍讀、侍講矣。"①
闔坐大笑。②

讀書須知出入法

讀書須知出入法。始當求所以入，終當求所以出。見得
親切，此是入書法；用得透脱，此是出書法。蓋不能入得書，
則不知古人用心處；不能出得書，則又死在言下。惟知出知
入，乃盡讀書之法。③

讀書牢記則有進益④

讀書惟在記牢，⑤ 則日見進益。陳晋之一日只讀一百二
十字，後遂無書不讀。所謂日計不足，歲計有餘者。今人雖
不讀書，⑥ 日將誦數千言，初若可喜，然旋讀旋忘，是雖一
歲未嘗得百二十字也，⑦ 況一日乎? 予少時實有貪多之癖，

① "成"，原校：儒學本作"試"。
② "闔"，原校：原本作"團"，從儒學本改。
③ "乃"，原校：原本作"得"，從儒學本改。"法"下，原校：原本有"也"字，
從儒學本刪。
④ "讀書牢記則有進益"，原校：儒學本作"讀書惟在記牢"。
⑤ "記牢"，原校：原本作"牢記"，從儒學本改。
⑥ "雖"，原校：張本作"誰"。
⑦ "是"，原校：原本無"是"字，從儒學本補。

至今每念腹中空虚，方知陳賢良爲得法云。

古人讀書滅裂①

古人讀書，時有滅裂。范武子，晋士會也，② 而《古今人表》置士會於中上，③ 列武子於上中。名且未識，能定其高下乎？④ 劉琨詩云："西狩泣孔丘，仲尼悲獲麟。"蓋一事而叠用之，是又不知宣聖名字耶！《法言》曰："昔者顔回嘗睎夫子矣。""正考父嘗睎尹吉甫矣，公子奚斯嘗睎正考父矣。"此亦子雲之誤。據正考父本非作頌之人；而公子奚斯者，又但作寢廟而已，何所睎之有？其後王文考《魯靈光殿賦》便云："奚斯頌僖，⑤ 歌其路寢。"⑥ 此又可笑，然其誤已自子雲始。

---

① "古人讀書滅裂"，原校：儒學本作"班固劉琨揚雄誤稱古人"。
② "晋"，原校：原本無"晋"字，從儒學本補。
③ "古今"原誤倒，據儒學本乙正。
④ "能"上，原校：儒學本有"尚"字。
⑤ "其後"，原校：二字儒學本作"有"。"頌"，原校：原本作"誦"，從儒學本、抄本改。
⑥ "歌"，原校：原本誤作"欹"，從諸本改。

解義類附①

中流失船一壺千金字義②

　　"中流失船，一壺千金"，人多不曉壺爲何物。予謂壺，蓋瓠類也。《詩》曰："八月斷壺。"《楚辭》曰："玄蜂若壺，壺圓而善浮，故取以濟耳。"《魯語》叔孫子賦《匏有苦葉》。叔向曰："苦匏不材，供濟於人而已。"③ 蓋謂腰瓠以渡水也。《莊子》亦曰："今子有五石之瓠，何不慮以爲大樽，④ 而浮之江湖。"⑤ 瓠與壺正是一類，⑥ 其善浮，尚矣。遁翁説"壺如環"，非也。

治大國若烹小鮮⑦

　　吳世英嘗語予："'治大國若烹小鮮'，是有二義：蓋自

---

① "附"，原校：抄本無"附"字。
② "中流失船一壺千金字義"，原校：儒學本作"壺蓋瓠類"。
③ 原校：案《國語》作"於人供濟"。
④ "何不慮"，原校：儒學本無"何不慮"三字。
⑤ "之"，原校：案《莊子》作"乎"。
⑥ "瓠"，原校：儒學本作"匏"。
⑦ "治大國若烹小鮮"，原校：儒學本作"治國若烹鮮"。

寬厚者言之，則曰'宜勿煩擾'，自刻薄者言之，則曰'當加鹹酸'。"① 予知其戲，因語之曰："太史公所謂'申韓刑名慘刻，皆原道德之意'。"② 無乃是乎？

---

① "酸"下，原校：儒學本有"也"字。
② "皆"上，原校：儒學本有"而"字。

卷之五

文章類

文章必有宗主①

一代文章必有一代宗主，然非一代英豪不足當此責也。韓退之抗顏爲師，雖子厚猶有所忌，② 況他人乎？予觀國初文章，氣體卑弱，猶有五代餘習。自穆修等始作爲古文，學者稍稍從之，然未盛也。及歐陽公、尹師魯輩出，然後國朝之文始極於古。然歐陽公作《師魯墓志》，但言其“文章簡而有法”而已。③ 不以古文斷，自師魯始也。世以此疑公平日與師魯厚善，④ 亟稱其文字。乃於此若有所惜何哉？石守道作《三豪》詩曰：“曼卿豪於詩，杜默豪於歌，永叔豪於

---

① “文章必有宗主”，原校：儒學本作“歐陽公不以古文始於尹師魯”。
② “猶”，原校：原本作“尤”，從儒學本改。
③ “文章”，原校：二字原本無，從儒學本、抄本補。
④ “疑”，原校：原本無“疑”字，從儒學本補。

文。"默之歌豈可與歐公比？而公有贈默詩云："贈之三豪篇，而我濫一名。"不以爲誚者。① 此公惡爭名且爲介諱也。公既不爭名於杜默，而復有惜於師魯乎？雖然予聞之，孫權初欲與劉備共取蜀，遣使報備，備欲自圖蜀，拒答不聽，曰："今同盟無故，自相攻伐，使敵乘隙，非長計也。"權復不聽，遣孫瑜率水軍住夏口。② 備不聽，軍過謂瑜曰：③ "汝欲取蜀，吾當被髮入山，不失信於天下也。"權既召瑜還，備遂自襲蜀，取之。古人於臨事切要處，④ 未嘗不自留一著也。今觀歐陽公言，⑤ 若以古文始自師魯，則前有穆修及有宋先達甚多，⑥ 此豈其本心哉？無乃亦自留一著乎？⑦ 不然蒲盧蟺何其髮短而心甚長耶。⑧

---

① "者"，原校：儒學本作"若"。

② "孫瑜"，原校：原本作"周瑜"，從儒學本改。案《三國志·蜀志注》作"孫瑜"，《吳志·孫瑜附孫靜傳》。"住"，原校：原本作"往"，從儒學本改。案《蜀志注》作"住"。

③ "聽軍過"，原校：原本作"遣軍"，從儒學本改。案《蜀志注》作"軍過"。

④ "於"，原校：原本無"於"字，從儒學本補。

⑤ "觀"，原校：原本無"觀"字，從儒學本補。"言"，原校：原本無"言"字，從儒學本、抄本補。

⑥ "宋"，原校：原本作"宗"，從儒學本、抄本改。

⑦ "乎"，原校：原本作"耳"，從儒學本改，抄本無此句。上句"哉"字作"乎"。

⑧ "不然蒲盧蟺何其髮短而心甚長耶"，原校：以上十四字原本無，從儒學本、抄本補。案此引用《左傳》語。

作文貴首尾相應①

桓温見八陣圖曰："此常山蛇勢也。擊其首則尾應，擊其尾則首應，擊其中則首尾俱應。"予謂此非特兵法，亦文章法也。文章亦要宛轉回復，首尾相應，② 乃爲盡善。山谷論詩文亦云：③ "每作一篇，先立大意，長篇須曲折三致意，④ 乃成章耳。"此亦常山蛇勢也。

文章貴錯綜⑤

《楚辭》以"日吉"對"良辰"，以"蕙殽蒸"對"奠桂酒"。⑥ 沈存中云：⑦ "此是古人欲錯綜其語，以爲矯健故耳。"予謂此法，本自《春秋》。《春秋》書"隕石於宋五，是月，⑧ 六鷁退飛，過宋都"，説者皆以"石""鷁""五"

---

① "作文貴首尾相應"，原校：儒學本作"文章要宛轉回復首尾俱應如常山蛇勢"。

② "應"，原校：儒學本作"俱"。

③ "詩"，原校：儒學本無"詩"字。

④ "長篇"，原校：儒學本無"長篇"二字。

⑤ "文章貴錯綜"，原校：儒學本作"楚詞春秋羅池碑錯綜成文"。

⑥ "蒸"，原校：原本誤作"燕"，從儒學本改，抄本作"烝"。

⑦ "沈"，原校：原本無"沈"字，從儒學本、抄本補。

⑧ "月"，原校：原本誤作"日"，從儒學本改。

"六"先後爲義，殊不知聖人文字之法正當如此。且如既曰
"隕石於宋五"，① 又曰"退飛鶂於宋六"，豈成文理？故不得
不錯綜其語，因以爲健也。②《楚詞》正用此法。其後韓退之
作《羅池碑》云："春與猿吟兮，秋鶴與飛。"以"與"字上
下言之，蓋亦欲語反而辭健耳。今《羅池碑》石刻古本如
此，而歐陽公以所得李生《昌黎集》較之，只作"秋與鶴
飛"，遂疑石本爲誤。③ 惟沈存中爲始得古人之意，④ 然不知
其法自《春秋》出，蓋自予始發之。予乃今知古人文字，始
終開闔，有宗有趣，其不苟如此。

文章奪胎換骨⑤

文章雖要不蹈襲古人一言一句，⑥ 然古人自有奪胎換骨
等法。所謂"靈丹一粒，點鐵成金"也。歐陽公《祭蘇子美
文》云："子之心胸，蟠屈龍蛇。風雲變化。雨雹交加。忽
然揮斥，霹靂轟車。人有遭之。心驚膽破，震仆如麻。須臾

---

① "且如"，原校：二字原本無，從儒學本改。
② "因"，原校：儒學本作"且"。
③ "石"，原校：原本作"古"，從儒學本、抄本改。
④ "人之"，原校：二字原本作"文"，從儒學本改。
⑤ "文章奪胎換骨"，原校：儒學本作"文章有奪胎換骨法"。
⑥ "不"，原校：原本作"不要"，從儒學本改。

霽止，而回顧百里，[①] 山川草木，開發萌芽。子於文章，雄豪放肆，有如此者，吁可怪耶！”但知誦公此文，而不知實有本處。[②] 公作《黃夢升墓銘》，稱夢升哭其兄子庠之詞曰：“子之文章，電激雷震。雨雹忽止，閴然滅泯。”[③] 公嘗喜誦之，祭文蓋用此耳。夢升所作，雖不多見，然觀其詞句多奇可喜，[④] 正得所謂千兵萬馬之意。及公增以數語，而變態如此，此固非蹈襲者。其後東坡《跋姜君弼課冊》亦云：“雲興天際，[⑤] 欻若車蓋。凝眸未瞬，[⑥] 瀰漫霮霴。驚雷出火，喬木麋碎。[⑦] 殷地歰空，萬夫皆廢。雷絙四墜，日中見沬。移晷而收，野無完塊。”此三者語各不同，然只是一意。前輩作者皆用此法。[⑧] 吾謂此實不傳之妙。學者即此，便可反三隅矣。

文章由人所見

文章似無定論，殆是由人所見爲高下耳。只如楊大年、

---

① “回”，原校：儒學本作“四”。
② “本”，原校：儒學本作“來”。
③ “然”，原校：原本作“照”，從儒學本改。案蘇集作“然”。
④ “多奇”，原校：二字儒學本作“奇崛”。
⑤ “興”，原校：原本作“與”，從儒學本改。
⑥ “眸”，原校：原本作“嘘”，從儒學本改。
⑦ “喬”，原校：原本作“震”，從儒學本改。案盧集作“喬”。
⑧ “皆”，原校：儒學本無“皆”字。

歐陽永叔皆不喜杜詩，二公豈爲不知文者，而好惡如此。晏元獻公嘗喜誦梅聖俞"寒魚猶著底，白鷺已飛前"之句，聖俞以爲"此非我之極致者"，豈公偶自得意於其間乎？歐公亦云："吾平生作文，惟尹師魯一見，展卷疾讀，五行俱下，便曉人深意處。"然則於餘人當有所不曉者多矣。所謂文章如精金美玉，自有定價，① 不可以口舌增損者，殆虛語耶？雖然《陽春》《白雪》而和者數人，《折楊》《黃華》則嗑然而笑，② 自古然矣。吾觀昔人於小詩皆句煅月煉，至謂"吟安一個字，撚斷數莖鬚"者，③ 其意如此。乃知老杜曰"更覺良工心獨苦"，不獨謂畫也。④

文章博遠貴於精工⑤

世傳歐陽公平昔爲文章，每草就紙上，⑥ 淨訖即粘挂齋壁，臥興看之，屢思屢改，至有終篇不留一字者。蓋其精如此。大抵文以精故工，以工故傳遠，三折肱始爲良醫，百步

---

① "自"，原校：儒學本作"市"。
② "嗑"，原校：原本作"啞"，從儒學本改。
③ "斷"，原校：儒學本作"折"。
④ "謂"，原校：儒學本作"論"。
⑤ "文章博遠貴於精工"，原校：儒學本無"博遠貴於"四字。
⑥ "草"，原校：原本無"草'字，從儒學本補。

穿楊始名善射，真可傳者皆不苟者也。① 唐人多以小詩著名，然率皆句鍛月煉，以故其人，雖不甚顯，而詩皆可傳，豈非以其精故耶？然人說楊大年每遇作文，則與門人賓客飲博投壺弈棋，② 語笑喧嘩而不妨屬思，③ 以小方紙細書，揮翰如飛，文不加點，每盈一幅則命門人傳錄，須臾之際成數千言，④ 如此似爲難及。⑤ 然歐公、大年要皆是大手，歐公豈不能與人鬥捷哉？殆不欲苟作云耳。予每見同舍臨文之際，⑥ 試就借觀則曰：“此草草牽課耳。”⑦ 予把定戲曰：“恐君精思，亦莫止此。”其人心雖不悅，⑧ 然知其戲，亦卒無以應予，⑨ 遂皆笑而罷。

文字意同語有工拙⑩

文字意同，而立語自有工拙。沈存中記穆修、張景二人同造朝，方論文次，適有奔馬踐死一犬，遂相與各記其事，

---

① “真“，原校：儒學本作“其”。
② “飲博”，原校：儒學本無“飲博“二字。
③ “屬“，原校：原本作“熟”，從儒學本改。
④ “須臾”，原校；二字儒學本作“頃刻”。
⑤ “如”，原校：儒學本作“以”。
⑥ “之”，原校：原本作“言”，從儒學本改。
⑦ “草牽”，原校；原本祇一“草”字，“牽”作“率”，從儒學本改。
⑧ “悅”，原校：儒學本作“肯”。
⑨ “卒”，原校：儒學本作“率”。
⑩ “文字意同語有工拙”，原校：儒學本作“文章造語有工拙”。

以較工拙。穆修曰："馬逸，有黃犬遇蹄而斃。"張景曰："有犬死奔馬之下。"今較此二語，張當爲優。然存中但云："適有奔馬踐死一犬。"則又渾成矣。予觀鳩摩羅什及竺法護所譯經，法護曰："大衆團團坐，努目看世尊。"羅什即云："瞻仰尊顏，目不暫舍。"不惟語工，亦自省力。即此可以卜才之長短。

爲文妙在掩仰頓挫①

予因學琴，② 而得爲文之法。③ 文章之妙處，④ 在能掩抑頓挫，⑤ 令人讀之亹亹不倦。⑥ 韓退之《聽穎師琴》詩曰："昵昵兒女語，恩怨相爾汝。劃然變軒昂，勇士赴敵場。浮雲柳絮無根蒂，天地闊遠隨飛揚。⑦ 喧啾百鳥群，忽見孤鳳凰。躋攀分寸不可上，失勢一落千丈強。"此頓挫法也。退之《與李翱書》並用其法云："僕之家本窮空，重遇攻劫，衣服

---

① "爲文妙在掩仰頓挫"，原校：儒學本作"爲文要得頓挫之法"。
② "因"，原校：原本作"自"，從儒學本改。
③ "而"，原校：儒學本作"遂"。
④ "之"，原校：儒學本無"之"字。
⑤ "抑"，原校：原本作"仰"，從儒學本改。
⑥ "亹亹不倦"，原校：儒學本作"繼繼忘倦"，"繼繼"二字誤。
⑦ "遠"，原校：原本誤作"達"，從諸本改。案宋本韓集亦作"遠"。

無所得，① 養生之具無所有，家累僅三十口，② 攜此將安所歸
托乎？捨之入京不可也，挈之而行不可也，足下將安以爲我
謀哉？此一事耳。足下謂我入京城，③ 有所益乎？僕之所有，
子猶有不知者，時人能知我哉？持僕所守，驅而使奔走伺侯
公卿間，開口議論，其安能有以合乎？"④ 又云："所貴乎京
師者，得不以明天子在上，賢公卿在下，布衣韋帶之士談道
義者多乎？⑤ 以僕皇皇於其中，⑥ 能上聞而下達乎？其知我者
固少，知而相愛不相忌者又加少。內無所資，⑦ 外無所繼，⑧
終安所爲乎？嗟乎！子之責我誠是也，愛我誠多也，今天下
之人有如子者乎？自堯舜以來，士有不遇者乎？無也。子獨
安能使我潔清不污而處其所可樂哉？"⑨ 大略如此。觀其筆
力，覆仰頓挫，文采粲然，⑩ 與穎師琴聲何異？⑪

---

① "服"，原校：儒學本作"食"。
② "僅"，原校：儒學本作"近"。
③ "謂"上，原校：案宋本韓集有"誠"字。"城"，原校：儒學本、抄本作
"誠"，案韓集與此同。
④ "以"，原校：案韓集作"所"。
⑤ "道"，原校：案韓集作"誼"，注云：一作"義"。
⑥ "皇皇"，原校：儒學本作"遑遑"。
⑦ "資"，原校：原本誤作"損"，從諸本改。案韓集亦作"資"。
⑧ "繼"，原校：案韓集作"從"，注云：一作"繼"。
⑨ "污"，原校：案韓集作"洿"，注云音"污"。"可"，原校：案韓集無"可"
字。
⑩ "采"，原校：原本作"理"，從儒學本改。
⑪ "聲"，原校：原本作"詩"，從儒學本改。

作文須題外立意①

文章須要於題外立意，②不可以尋常格律自窘束。③東坡常有詩曰："論畫以形似，見與兒童鄰。作詩必此詩，定知非詩人。"此便是文章關紐也。予亦嘗有《和人詩》云：④"蛟綃巧織在深泉，不與人間機杼聯。要知妙在筆墨外，⑤第一莫爲醒者傳。"竊自謂得公意，⑥但不知句法古人多少？⑦

作文使事之難⑧

文章不使事最難，使事多亦最難。不使事難於立意，使事多難於遣辭。能立意者，未必能造語；能遣辭者，未必能免俗，此又其最難者。大抵爲文者多，知難者少。

---

① "作文須題外立意"，原校：儒學本作"文章關紐"。
② "要"，原校：原本作"用"，從儒學本改。
③ "自"上，原校：儒學本有"而"字。
④ "嘗"，原校：原本作"常"，從儒學本改。
⑤ "要"，原校：原本作"安"，從儒學本改。
⑥ "竊自謂得公意"，原校：儒學本作"竊自以爲得坡公遺意"。
⑦ "句法"，原校：二字原本無，從儒學本補。
⑧ "作文使事之難"，原校：儒學本作"文章知難者少"。

古人多假借用字①

古人多假借用字，《集古録》言：漢人以歐陽爲羊，眉壽爲麋之類，皆由古文字少，故假借用之耳。今觀《論語》中如曰："孝弟也者，其爲仁之本與。"又曰："觀過，斯知仁矣。"又曰："井有仁焉。"竊謂此"仁"字，皆當作"人"。蓋是假借用之，而學者以其字之爲仁也，多曲爲之解。予求其説而不得，故依漢人例，敢以仁、人爲通用之文。不然，則"井有仁焉"爲仁義之仁，果何謂乎？

觀人文章②

文章雖工，而觀人文章，③ 亦自難識。知梵志翻著襪法，則可以作文；知九方皋相馬法，則可以觀人文章。

---

① "古人多假借用字"，原校：儒學本作《論語》仁之本歟""斯知仁矣""井有人焉"皆當作"人"。

② "觀人文章"，原校：儒學本作"作文觀文之法"。

③ "文章"，原校：二字原本脱，從儒學本、抄本補。

晋唐國朝之文①

晋無文章，惟陶淵明《歸去來辭》一篇而已。唐無文章，惟韓退之《送李愿歸盤谷序》一篇而已。予亦謂國朝無文章，惟范文正公《嚴先生祠堂記》一篇而已。②

唐宋文章皆三變，末流不免有弊③

唐文章三變，本朝文章亦三變矣。④ 荆公以經術，東坡以議論，程氏以性理。三者要各自立門户，⑤ 不相蹈襲，然其末流皆不免有弊。雖一時舉行之過，其實亦事勢有激而然也。⑥ 至今學文之家，⑦ 又皆逐影吠聲，未嘗有公論，實不見古人用心處。予每爲之太息。⑧

---

① "晋唐國朝之文"，原校：儒學本作"作文章惟《歸去來辭》《盤谷序》《嚴先生祠堂記》"。
② "先生"，原校：原本作"子陵"，從儒學本改。
③ "唐宋文章皆三變，末流不免有弊"，原校：儒學本作"本朝文章亦三變"。
④ "本"，原校：原本作"宋"，從儒學本改。案此條題作"唐宋文章"及第七卷稱宋太祖皇帝詩語雜健，均不類作者口氣。乃元以後人妄增。抄本於此題亦稱"唐宋文章三變"，足證均爲元以后所傳之本。"章"，原校：儒學本無"章"字。
⑤ "要各"，原校：儒學本作"各要"。
⑥ "其實"，原校：儒學本無"其實"二字。
⑦ "學文之家"，原校：儒學本作"學語之流"。
⑧ "予"，原校：儒學本作"吾"。

韓文公《論佛骨表》其説始於傅奕①

韓文公《論佛骨表》，其説始於傅奕。奕言：②"五帝三王，未有佛法，君明臣忠，年祚長久。至漢明帝始立胡祠，然惟西域桑門，自傳其教，③西晉以上，不許中國髡髮事胡，④至石苻亂華，⑤乃弛厥禁。主庸臣佞，政虐祚短，事佛致然。"愈特敷衍其辭耳。愈以人主無不欲壽者，以此劫之，⑥冀從其諫耳，不意憲宗忌之深也。⑦愈至潮州，上表哀謝，⑧憲宗曰："愈誠愛我，⑨但謂事佛，⑩則年代不永，誠不可。"⑪然憲宗自是不善聽諫。賈誼言於文帝曰："生爲明帝，死爲明神，顧成之廟，名爲太宗。"當天子春秋隆盛之時，以死生言之，然文帝不忌也。使愈當此時，庶幾其説得

---

① "韓文公論佛骨表其説始於傅奕"，原校：儒學本作"憲宗忌韓愈諫"。

② "奕言"，原校：儒學本作"奕之言曰"。

③ "自"，原校：儒學本無"自"字。

④ "中國"，原校：儒學本無"中國"二字。

⑤ 原校：儒學本無"事胡至"三字，"石苻"作"五胡"。

⑥ "劫"，原校：儒學本"劫"作"言卻"二字。

⑦ "之"，原校：原本作"之惑"，從儒學本改。

⑧ "上"，原校：儒學本作"以"。

⑨ "愈誠愛"，原校：三字原本誤作"合成"二字，從儒學本改。

⑩ "但"，原校：原本誤作"得"，從儒學本改。

⑪ "可"，原校：案韓集注云：憲宗得表謂宰相曰："昨得韓愈到潮州表，因思其所諫骨事大是愛我，我豈不知然。愈爲人臣不當言人主，事佛乃年促也。"

行哉！① 然愈所論，② 與周公《無逸》之戒大異。

東坡作文用事③

　　東坡省試論"刑賞"，梅聖俞一見，以爲其文似孟子，置在高等。坡後往謝梅，梅問："論中用堯皋陶事出何書？"坡徐應曰："想當然耳。"至今傳以爲戲。予讀坡應制科試《形勢不如德論》，坡時亦似不曉出處。④

---

① "幾"，原校：原本無"幾"字，從儒學本改。
② "愈"，原校：儒學本無"愈"字。
③ "東坡作文用事"，原校：儒學本作"東坡論刑賞用堯皋事出何書"。
④ "曉"上，原校：儒學本有"能"字。

卷之六

文才類

王勃《滕王閣序》文有本祖[①]

王勃《滕王閣序》"落霞與孤鶩齊飛，秋水共長天一色"之語，當時無賢愚，皆以爲警絶。然予觀庾信《馬射賦》已云："落花與芝蓋齊飛，楊柳共青旗一色。"則知王勃之語，已有來處。然其句調雄傑，比舊爲勝。及觀歐公《集古録》，隋《德州長壽寺舍利碑》亦云："浮雲共嶺松張蓋，明月與巖桂分叢。"則又淺陋，與初造語者相去甚遠。

---

① "王勃滕王閣序文有本祖"，原校：儒學本作"王勃庾信歐公造語工拙"。

歐蘇之文[1]

"仕宦而至將相，富貴而歸故鄉"，此歐公《畫錦堂》第一句也。其後東坡作《韓文公廟碑》，其破題云："匹夫而爲百世師，一言而爲天下法。"語句之工便不減前作。[2] 議者謂歐公語工於叙富貴，坡語工於說道義。蓋此二句皆即其人而記其事，已道盡二人平生事實如此。自非筆端有力，那能至是？

歐文多擬韓作[3]

韓文重於今世，蓋自歐公始倡之。公集中擬韓作多矣，予輒能言其相似處。[4] 公《祭吳長文》似《祭薛中丞文》，[5]《書梅聖俞詩稿》似《送孟東野序》，《吊石曼卿文》似《祭田橫墓文》，蓋其步驟馳騁，亦無不似，非但效其句語而已。[6] 孫樵嘗言："自得爲文真訣於來無擇，無擇得之於皇甫

---

① "歐蘇之文"，原校：儒學本作"歐陽東坡紀事道盡平生事實"。
② "之工"，原校：二字儒學本無。
③ "歐文多擬韓作"，原校：儒學本作"歐公作文擬韓文"。
④ "輒"，原校：原本無"輒"字，從儒學本補。
⑤ "文"，原校：原文衍"文"字，從儒學本刪。
⑥ "效"，原校：儒學本作"仿"。"語"，原校：儒學本作"讀"。

持正，①持正得之於韓吏部。"②據其所言，③似有來處。然樵之文實牽強僻澀，氣象絕不類韓作，而過自稱許。嫫母捧心，信有之矣。吾嘗謂："韓氏之墻數仞，樵輩尚未能造其藩，敢言文乎？"

蘇明允《辯奸論》④

《辯奸論》《王司空贈官制》皆蘇氏宿憾之言也。予聞老蘇初來京師，以所著《權書》《衡論》投歐陽公，一時稱其文章。⑤王荆公時已爲知制誥，⑥獨不善之，以其文縱橫有戰國氣習，⑦屢詆於衆，故明允惡荆公甚於仇讎。會張安道亦爲荆公所排，⑧明允遂作《辯奸論》一篇，以荆公比王衍、盧杞，密獻安道，而不敢示歐公。荆公後微聞之，因不樂子瞻兄弟，然當時此論不出。元豐間，子由從安道辟於南京，請爲明允墓表，遂全載之，而蘇氏亦不敢上石，諒有愧於其言哉。《贈官制》當元祐初，方盡廢新法，蘇子由作《神宗御

---

① "無"上，原校：儒學本有"來"字。
② "正"上，原校；儒學本有"皇甫"二字。
③ "據"，原校：原本作"總"，從儒學本改。
④ "蘇明允辯奸論"，原校：儒學本作"蘇氏作辯奸論憾荆公"。
⑤ "稱"，原校：儒學本作"推"。
⑥ "爲"，原校：原本無"爲"字，從儒學本補。
⑦ "習"，原校：儒學本無"習"字。
⑧ "排"，原校：原本作"擬"，從儒學本改。

集序》，尚以曹操比之，何有於荆公？以此知王蘇之憾，固不獨論新法也，然後學至今，莫不黨元祐而薄王氏，寧不可笑。①

蘇黄文妙一世②

蘇黄文字妙一世，殆是天才難學，然尚有蹊徑可得而尋。東坡常教學者，熟讀《毛詩·國風》與《離騷》，曲折盡在是矣。又或令讀《檀弓》上下篇。魯直亦云："文章好奇，自是一病。學作議論文字，③須取蘇明允文字觀之耳，④並熟看董、賈諸文。"又云："欲作《楚辭》，追配古人，直須熟讀《楚辭》，觀古人用意曲折處，講學之，然後下筆。譬如巧女文綉妙一世。⑤若欲作錦，必得錦機，乃能作錦。"⑥觀其所論，則知其不苟作，不似今之學者，但率意爲之，便以爲工也。世人好談蘇黄多矣，未必盡知蘇黄好處。今《毛

---

① "以此知王蘇之憾，固不獨論新法也，然後學至今，莫不黨元祐而薄王氏，寧不可笑"，原校：以上三十二字原本作"然輕薄子猶擇制中語云，使智足以達其道，辯足以行其言，瑰瑋之文，足以藻飾萬物，興絶之行，足以風動四方，以爲比之不足，此又誣公矣，可以發一笑"五十九字，從儒學本改。

② "蘇黄文妙一世"，原校：儒學本作"論蘇黄文字"。

③ "作"，原校：原本無"作"字，從儒學本改。

④ "蘇"，原校：原本無"蘇"字，從儒學本補。"耳"，原校：儒學本無"耳"字。

⑤ "譬如"，原校：原本作"警拔"，從儒學本、抄本改。

⑥ "能"，原校：原本作"可"，從儒學本改。

詩‧國風》與《楚詞》《檀弓》俱在，① 不知當如何讀，② 曲折處當復如何，蘇黃之作又復如何。李白曰：「但得酒中趣，勿爲醒者傳」也。③ 然雖如是，④ 與其遠想頗牧，不若暗合孫吳，便是蘇黃猶在。

彭乘批答之謬

世傳彭乘爲翰林學士，田況知成都，方兩蜀荒歉，人民流離。況纔度荊門，即發倉賑濟，上表待罪。乘爲批答云：「纔度巉巉之險，⑤ 便興惻惻之情。」邊帥有乞朝覲者，許秋涼即塗。乘復爲批答曰：「當俟蕭蕭之候，⑥ 爰堪靡靡之行。」至今爲笑。⑦ 又王平爲侍御史，⑧ 故事，拜御史滿百日，不言，罷爲外官。平上事垂滿百日而未嘗一言，⑨ 衆以爲有待而發也。⑩ 一日，聞其入札，咸共傾耳。意其必論大事，⑪ 乃

---

① “俱”，原校：儒學本作“并”。
② “如何”，原校：原本作“何如”，從儒學本改，下同。
③ “李”上，原校；儒學本有“太”字。
④ “如”上，原校：原本有“知”字，從儒學本刪。
⑤ “巉巉”，原校：儒學本作“昆侖”。
⑥ “候”，原校：原本作“後”，從儒學本改。
⑦ “至今爲笑”，原校：四字原本無，從儒學本補。
⑧ “又”，原校：原本作“有”，從儒學本改。
⑨ “上事垂”，原校：三字原本無，從儒學本補。
⑩ “爲”，原校：儒學本作“其”。
⑪ “論”，原校：原本作“用”，從儒學本改。

彈御膳中有髮，其辭曰："是何穆若之容，忽睹鬖如之狀。"
又有楊安國者爲侍講。講《論語》至"一簞食，一瓢飲"，
乃操俚語曰："官家，顏回甚窮，但有一籮粟米飯，一葫蘆漿
水。"又講："自行束脩以上，吾未嘗無誨焉。"遽啓曰："官
家，孔子教書也須要錢。"上大哂之。山林之士望翰苑、經
筵，與夫烏府、柏臺言事之職，不啻如在天上。意其文章議
論，非復人間常語，然傳於世者，時有此曹，乃適足以資林
下之一噱而已。方知伏獵侍郎、杕杜宰相，與華省名郎錯判
芳洲杜若，① 信有之矣。② 吾爲乘等援唐人之繆，復誦淵明之
詩曰："何以慰吾懷，賴古多此賢。"假令乘等尚在，聞吾此
語，亦當一笑。

東坡文字妙一世③

魯直嘗言:④"東坡文字妙一世，其短處在好罵耳。"予
觀山谷渾厚，坡似不及。坡蓋多與物忤，其游戲翰墨，有不
可處，輒見之詩。然嘗有句云："多生綺語摩不盡，尚有宛轉

---

① "芳"，原校:原本作"坊"，從諸本改。
② "有"，原校:原本無"有"字，從儒學本補。
③ "東坡文字妙一世"，原校:儒學本作"東坡文字好嫚罵"。
④ "嘗"，原校:原本無"嘗"字，於"魯直"上加"山谷論東坡文"一句，從儒
學本刪補。

詩人情。猿吟鶴唳本無意，不知下有行人行。"① 蓋其自序如
此。又嘗自言："性不慎語言，與人無親疏，輒輸寫肝膽，②
有所不盡，如茹物不下，必吐盡而已。而世或記疏以爲怨
咎。"③ 此語蓋實録也。④ 坡自晚年更涉世患，痛自摩治，盡
黜圭角，方更純熟。故其詩曰："我生本强鄙，少以氣自擠。
扁舟到江海，赤手攬象犀。⑤ 年來輒自悟，留氣下暖臍。"觀
此詩便可想其爲人矣。大抵高人勝士，類是不能徇俗俯仰，⑥
其嫚罵玩侮，亦其常事。但後生慎勿襲其軌，⑦ 或當如魯直
所言爾。然予觀坡題《李白畫像》云："西望太白横峨岷，
眼高四海空無人。平生不識高將軍，手涴吾足乃敢瞋。"又嘗
有詩曰："七尺頑軀走世塵，十圍便腹貯天真。此中空闊渾無
物，⑧ 何止容君數百人。"且自言："我所謂君者，自王茂洪
之流耳。豈謂此等輩哉！"乃知坡雖好罵，尚有事在。

---

① "有行"，原校：原本脱"行"字，於"知"下空一格，從儒學本補。
② "膽"，原校：儒學本作"臟"。
③ "咎"，原校：原本作"否"，從儒學本改。儒學本有"坡"字。
④ "蓋"，原校：儒學本作"盡"。
⑤ "象"，原校：原本誤作"像"，從儒學本改。
⑥ "徇"，原校：原本作"拘"，從儒學本改。
⑦ "軌"，原校：儒學本作"輒"，當爲"轍"字形誤。
⑧ "闊"，原校：儒學本作"洞"。

蘇子由文①

蘇子由著《歷代論》，以牛僧儒、李德裕，俱爲一代之偉人，② 以馮道事四姓九君爲非其過。庶幾乎以忠恕格物者。③ 至《神宗皇帝御集序》，乃以曹操比。而於挽辭曰：④ "量書廢寢興。"則又是秦始皇也。不知當時下筆之際，意果何在？

東坡兄弟議論相反⑤

東坡兄弟文章議論大率多同，惟子由文字，晚年屢加刊定，⑥ 故時與子瞻有相反處，⑦ 蓋以矯王氏尚同之弊耳。至子瞻《易傳》，論天地之數五十有五，⑧ 而太泝之數五十者。土

---

① "蘇子由文"，原校：儒學本作"蘇子由文章議論"。
② "之"，原校：儒學本無"之"字。
③ "乎"，原校：原本無"乎"字，從儒學本補。
④ "於"，原校：原本作"以"，從儒學本改。"寢興"，原校：二字原本作"典慶"，從儒學本改。
⑤ "東坡兄弟議論相反"，原校：儒學本"議論相反"作"文章議論"。
⑥ "加"上，原校：原本有"皆"字，從儒學本刪。
⑦ "時"，原校：原本無"時"字，從儒學本補。
⑧ "有"，原校：原本無"有"字，從儒學本補。

無成數，① 無定位者，② 專氣故不特見。③ 而子由遂曰："此野人之説也。"則似矯枉太過。

秦少游文自成一家④

呂居仁嘗言：⑤"少游從東坡游，而其文字乃自學西漢。"以余觀之，少游文字格似止此，⑥ 所進論策，辭句頗若刻露，不甚含蓄。若以比坡，⑦ 不覺望洋而嘆也，⑧ 然亦自成一家。

蔡君謨《萬安橋記》⑨

蔡君謨作《泉州萬安渡石橋記》，文字極簡古。然予謂已剩卻八言。⑩ 蓋既言"其長二千六百尺，翼以扶欄"矣。

---

① "數"，原校：儒學本作"名"。
② "者"，原校：儒學本作"無"。
③ "不"上，原校：儒學本有"土"字；"特"，原校：原本作"持"，從諸本改。
④ "秦少游文自成一家"，原校：儒學本作"少游文字自成一家"。
⑤ "仁"，原校：原本作"休"，從儒學本改。
⑥ "止"，原校：原本作"正"，從儒學本改。
⑦ "以"，原校：原本無"以"字，從儒學本補。
⑧ "不"上，原校：儒學本有"當"字。
⑨ "蔡君謨《萬安橋記》"，原校：儒學本作"論《萬安橋記》與《蘭亭序》"。
⑩ "已"，原校：原本無"已"字，從儒學本補。"八言"，原校：原本作"六字"，從儒學本改，抄本作"八字"。

不當又言“如其長之數而兩之”，① 此八字爲贅。② 吾叔可用云：“前稱‘以嘉祐四年二月辛未訖功’，‘以’字未穩，凡言‘以’者，如左氏所謂‘能左右云’也。橋之訖功，豈可以人意左右之哉？”予曰：“似此細看，便無全篇。③ 只如‘縈指於淵’‘梁空以行’，是橋皆如此，此亦可删矣。”《蘭亭序》豈非佳作，然“天高氣朗”，不合時景，“絲竹管弦”，語又重複，故不得入選。乃知文章之病，古人未免也。予因語坐客：“呂不韋著《呂氏春秋》，懸千金咸陽市門，延諸侯游士賓客。有能增損一字者與千金。羲之、君謨，得無多廢金乎？”④ 衆爲一笑。⑤

陳表民《葉嘉傳》⑥

《東坡集》有《葉嘉傳》，此吾邑陳表民作也。表民名元規，⑦ 不及見其人，蓋名士也。予在中江，⑧ 見朱漕，説坡集《和賀方回〈青玉案〉》卒章，有“曾濕西湖雨”之句。人以

---

① “長之”，原校：二字原本無，從儒學本、抄本補。
② “八”，原校：原本作“六”，從儒學本改。
③ “篇”，原校：原本作“功”，從儒學本改。
④ “得”上，原校：儒學本有“今日”二字。
⑤ “笑”，原校：儒學本作“嘯”。
⑥ “陳表民葉嘉傳”，原校：儒學本作“編次文字或是或非”。
⑦ “元規”，原校：二字儒學本作“裕吾”。
⑧ “中”，原校：儒學本作“平”。

爲坡詞，此乃華亭姚晉道作也。余嘗恨荆公、東坡文字至今無全集。① 蓋前世韓柳文亦必假李漢、劉禹錫編次。然荆公嘗云：“李漢豈知退之者，編其文不擇美惡，有不可以示子孫者。”以此語門弟子，意有在焉。其文迄無善本。坡亦嘗言：“曾子固編《李白集》，而有《贈懷素草書》及《笑矣乎》數首，② 皆貫休以下，格調卑弱。”子固號有智識者，③ 故深可怪。此亦坡以自見也。予觀坡集中，如《醉鄉》《睡鄉記》之類，鄙俚淺近，決非坡作。或云坡只有《江搖柱傳》，它皆非是。今市書肆，往往逐時增添改換，④ 以求速售，而官不之禁也。⑤ 雖歐公集已經東坡纂類，至今猶有續添之文，況未編者乎？⑥ 然蜀中亦竟無全本，不知其何故也。⑦ 豈一時門生故吏無劉、李之識，⑧ 抑其家子孫之過？

---

① “東坡”，原校：二字原本無，從儒學本、抄本補。
② “有”，原校：原本作“無”，從儒學本、抄本改。
③ “者”，原校：原本無“者”字，從儒學本補。
④ “逐時”，原校：二字原本無，從儒學本補。
⑤ “之”，原校：儒學本無“之”字。
⑥ “況”上，原校：儒學本有“而”字。
⑦ “其”，“也”，原校：儒學本無“其”字、“也”字。
⑧ “一時”，原校：儒學本無“一時”二字。“吏”，原校：原本無“吏”字，從儒學本補。

蕭統、姚鉉《文選》《文粹》之陋①

柳子厚《壽州安豐縣孝門銘》，自"壽州刺史臣承思"而下，蓋序也。以表爲序，亦文之一體也。而姚鉉所編《文粹》乃録銘於前，而於題下注云："並壽州刺史表，録表於銘後，②以附見焉。"此鉉之陋也。《高唐》《神女賦》自"玉曰'唯唯'"以前，皆賦也。而蕭統謂之序，東坡嘗笑其陋。若鉉者又何足笑云。③

---

① "姚"，原校：原本誤作"徐"，從儒學本、抄本改，下同。案陳振孫《書録解題》《唐文粹》爲姚鉉撰。"蕭統、姚鉉文選文粹之陋"，原校：儒學本作"姚鉉以表爲序，蕭統以賦爲序"。

② "録表"，原校：二字原本無，從儒學本補。

③ "云"，原校：原本作"之"，從儒學本改。

卷之七

诗　類

陶淵明、杜子美、韓退之詩①

　　文章以氣韻爲主，②氣韻不足，雖有辭藻，要非佳作也。乍讀淵明詩，頗似枯淡，久久有味。③東坡晚年酷好之，謂李杜不及也。此無他，韻勝而已。④韓退之詩，世謂押韻之文耳，⑤然自有一種風韻。如《庭楸》詩："朝日出其東，我常在西偏。夕日在其西，我常在東邊。⑥當晝日在上，我坐中央焉。"不知者便謂無功夫，蓋是未窺古人妙處耳。且如老

---

① "陶淵明、杜子美、韓退之詩"，原校：儒學本作"文章以氣韻爲主"。
② "韻"，原校：原本無"韻"字，從儒學本補。
③ "久"，原校：原本作"又"，從儒學本改。
④ "勝"，原校：原本無"勝"字，從儒學本補。
⑤ "世"，原校：原本作"出"，從儒學本改。
⑥ "邊"，原校：原本作"偏"，從儒學本改，宋本韓集作"邊"。

杜云："黃四娘家花滿蹊，千朵萬朵亞枝低。"① 此又可嫌其太易乎？論者謂子美"無數蜻蜓飛上下，② 一雙鸂鶒對浮沉。"便有"關關雎鳩，在河之洲"氣象。予亦謂淵明"藹藹遠人村，依依墟里烟。犬吠深巷中，雞鳴桑樹顛"，當與《豳詩·七月》相表裏，③ 此殆難與俗人言也。予每見人愛誦"影搖千丈龍蛇動，身撼半天風雨寒"之句以爲工，此如見富家子弟，④ 非無福相，但未免俗耳。若"霜皮溜雨四十圍，⑤ 黛色參天二千尺"，便覺氣韻不侔也。達此理者，始可論文。

杜陶二公詩話天成⑥

陶淵明詩："采菊東籬下，悠然見南山。"采菊之際，無意於山，而景與意會，此淵明得意處也。而老杜亦曰："夜闌接軟語，⑦ 落月如金盆。"⑧ 予愛其意度閒雅不減淵明，而語

---

① "亞"，原校：儒學本作"壓"，從儒學本改。
② "飛"，原校：儒學本作"齊"。
③ "詩"，原校：儒學本作"風"。
④ "如"，原校：原本作"與"，從儒學本改。
⑤ "霜"上，原校：儒學本有"比之"二字。
⑥ "杜陶二公詩話天成"，原校：儒學本作"杜詩意度閒雅不減淵明"。
⑦ "軟"，原校：原本誤作"偃"，從儒學本改。
⑧ "月"，原校：原本誤作"日"，從儒學本改。

句雄健過之。每咏二詩，① 便覺當時清景盡在目前，而二公
寫之筆端，殆若天成，兹爲可貴。

江文通擬古詩②

擬古之詩，③ 難於盡似。④ 觀江文通《雜體詩三十首》，
便是顏淵具體、叔敖復生也。⑤ 自是以來，作者衆矣，然皆
乘漢王之車、據仲尼之坐者也。或者曰："前世有擬古之
詩，⑥ 未聞有擬古之文者。"⑦ 予謂："韓退之爲樊宗師作墓
志，⑧ 便似宗師；與孟東野聯句，便似東野。而歐公集中擬
韓作者多矣。⑨ 但恨世人未能讀書眼如月，隙罅靡不照耳。
不然，此非吾君也，何其聲之似我君也？"

---

① "咏"，原校：儒學本作"此"。
② "江文通擬古詩"，原校：儒學本作"文章擬古"。
③ "之"，原校：原本無"之"字，從儒學本補。
④ "盡"，原校：原本作"近"，從儒學本改。
⑤ "顏淵"，原校：原本作"淵明"，從儒學本改。
⑥ "之"，原校：原本無"之"字，從儒學本補。
⑦ "之"，原校：原本無"之"字，從儒學本補。
⑧ "韓"，原校：原本無"韓"字，從儒學本補。
⑨ "韓"，原校：原本誤作"翰"，從儒學本、抄本改。

柳子厚、白樂天學陶，東坡和陶詩①

　　山谷常謂："白樂天、②柳子厚俱效陶淵明作詩，而唯子厚詩爲近。"然以予觀之，子厚語近而氣不近，樂天氣近而語不近，③子厚氣悽愴，樂天語散緩，雖各得其一，④要於淵明詩未能盡似也。東坡亦嘗和陶詩百餘篇，自謂不甚愧淵明，然坡詩語亦微傷巧，不若陶詩體合自然也。要知陶淵明詩，須觀江文通《雜體詩》中擬淵明作者，方是逼真。

杜詩高妙

　　老杜詩當是詩中六經，他人詩乃諸子之流也。⑤杜詩有高妙語，⑥如云："王侯與螻蟻，同盡隨丘墟。⑦願聞第一義，回向心地初。"可謂深入理窟，晋宋以來，⑧詩人無此句也。

---

　　① "柳子厚、白樂天學陶，東坡和陶詩"，原校：儒學本作"擬淵明作詩"。

　　② "白"上，原校：抄本有"唐"字。

　　③ "氣近"，原校：原本作"學近"，從儒學本改。

　　④ "雖"，原校：原本無"雖"字，從儒學本補。

　　⑤ "他"，原校：原本作"后"，從儒學本改。

　　⑥ "子之流也杜"，原校：以上五字原本缺，從儒學本補。"高"，原校：原本無"高"字，從儒學本補。

　　⑦ "丘"，原校：原本"丘"作"人"，下三字缺，從儒學本改補。

　　⑧ "以來"，原校：二字原本缺，從儒學本補。

"心地初"乃《莊子》所謂"游心於淡,① 合氣於漠"之義。

杜詩句句可出題目②

老杜詩如董仲舒策,句句典實,③ 堪出題目。餘人詩非不佳,但可出題者終少耳。好詩與好句正自不同。

杜子美《贈花卿》詩

世人讀子美《贈花卿》詩,有"此曲只應天上有,人間那得幾回聞"之句,因誤認花卿爲歌妓者多矣。按,花卿蓋西川牙將,嘗與西川節度崔光遠平、段子璋,遂大掠東川,④ 故子美復有《戲贈花卿歌》,⑤ 其卒章云:"人道我卿絕代無,天子何不喚取守京都?"⑥ 當時花卿跋扈不法,有僭用禮樂之意。⑦ 子美所贈,⑧ 蓋微而顯者也。不然,豈天上有曲,而人間不得聞乎?

---

① "所",原校:原本作"不",從儒學本改。"於淡",原校:二字原本缺,從儒學本補。

② "杜詩句句可出題目",原校:儒學本作"老杜詩如董仲舒策"。

③ "實",原校:原本作"雅",從儒學本改。

④ "掠",原校:原本作"略",從儒學本改。

⑤ "戲",原校:儒學本無"戲"字。

⑥ "都",原校:原本作"師",從儒學本改。

⑦ "禮",原校:儒學本無"禮"字。"意",原校:原本作"議",從儒學本改,張本作"義"。

⑧ "贈",原校:原本作"謂",從儒學本改。

韓退之詩①

　　退之送惠師、靈師、文暢、澄觀等詩，②語皆排斥，獨於靈師似若褒惜，而意實微顯。如"圍棋""六博""醉花月""羅嬋娟"之句，此豈道人所宜爲者？其卒章云："方將斂之道，③且欲冠其顛。"於澄觀詩亦云："我欲收斂加冠巾。"此便是勒令還俗也。④退之又嘗有詩云："我寧屈曲自世間，安能從汝巢神仙？"故作《謝自然》《誰氏子》等詩，⑤尤爲切齒。然於《華山女》詩，乃獨假借，末句云："仙梯難攀俗緣重，浪憑青鳥通丁寧。"與《記夢》詩語便不同，不知何以得此也。⑥

韓退之《符讀書城南》⑦

　　《符讀書城南》有"少長"語，本出《前漢・匈奴傳》

① "韓退之詩"，原校：儒學本作"韓文公排斥靈師意微而顯"。
② "詩"，原校：原本無"詩"字，從儒學本補。
③ "將"，原校：原本作"欲"，從儒學本改，案宋本韓集作"將"。
④ "勒"，原校：原本作"勸"，從諸本改。
⑤ "誰"，原校：原本誤作"淮"，儒學本同，從抄本改。
⑥ "也"，原校：儒學本無"也"字。
⑦ "韓退之符讀書城南"，原校：儒學本作"少長之語"。

云："兒能引弓射鳥鼠，① 少長，則射狐兔，用爲食。""少長"猶言"稍長"也。②

韓退之嘲富兒③

韓退之嘲京師富兒"不解文字飲，④ 惟能醉紅裙"。⑤ 然予觀退之亦未是忘情者。退之自有二侍妾，名絳桃、柳枝，張籍詩所謂"乃出二侍女，⑥ 合彈琵琶箏"者也。又嘗有詩云："銀燭未銷窗送曙，⑦ 金釵半醉坐添春。"此豈空飲文字者耶？

周朴、杜荀鶴詩⑧

處士周朴，有能詩名於唐末，歐陽公嘗稱朴詩"風暖鳥

---

① "出前漢"，原校：三字原本無，從儒學本補。"弓"，原本作"予"，從儒學本改。案《前漢書·匈奴傳》作"兒能騎羊，引弓射鳥鼠"。

② "食少"，原校：二字原本無，從儒學本補。

③ "韓退之嘲富兒"，原校：儒學本作"韓退之解醉紅裙不能文字飲，自不能忘情"。

④ "嘲"，原校：儒學本作"謂"。

⑤ "惟能醉紅裙"，原校：儒學本作"惟解醉紅裙，不能文字飲"。

⑥ "詩"，原校：原本無"詩"字，從儒學本補。

⑦ "銷"，原校：原本誤作"燒"，從儒學本改，案宋本韓集句作"銷"，注云"一作燒"。

⑧ "周朴、杜荀鶴詩"，原校：儒學本作"杜荀鶴唐風集鄭谷雲臺編"。

聲碎，日高花影重”之句。然此杜荀鶴詩，非朴句也，見
《唐風集》。公言“少時見其集，今不復傳”。又言：[1]“鄭谷
詩號《雲臺編》者，今亦不行於世。”然今市肆，實有此集。
二人《唐史》皆不爲立傳。獨朴死巢兵，[2] 不屈其節，因見
巢傳中。[3] 余家有朴詩百餘篇，嘗爲之序。[4] 異日當別加搜訪
遺逸爲全集，以傳於世。

太祖皇帝詩語雄健[5]

帝王文章自有一般富貴氣象。國朝，江南遣徐鉉來朝，
鉉欲以辨勝，[6] 至誦後主《月詩》云云。[7] 太祖皇帝但笑
曰：[8]“此寒士語耳，吾不爲也。吾微時，夜至華陰道中，[9]
逢月出，有句云：‘未離海底千山暗，纔到中天萬國明。’”

---

① “又”上，原校：儒學本有“公”字。
② “兵”，原校：原本作“丘”，從諸本改。
③ “因”，原校：原本作“自”，從儒學本改。
④ “嘗”，原校：儒學本作“曾”。
⑤ “太祖皇帝詩語雄健”，原校：儒學本作“帝王文章富貴氣象”，原本“太祖
上”有“宋”字，必元以後人所妄增，今刪。
⑥ “鉉”，原校：原本無“鉉”字，從儒學本補。“辨”，原校：原本誤作“下”，
從儒學本、抄本改。
⑦ “月”上，原校：原本有“風”字，從儒學本刪。
⑧ “但”，原校：儒學本作“相”。
⑨ “中”，原校：原本無“中”字，從儒學本補。

鉉聞，不覺駭然驚服。太祖雖無意爲文，然出語雄健如此。[①]
予觀李氏據江南全盛時，[②] 宮中詩曰："簾日已高三丈透，金
爐次第添香獸。紅錦地衣隨步皺。佳人舞點金釵溜，[③] 酒惡
時拈花蕊嗅，別院時聞簫鼓奏。"議者謂與"時挑野菜和根
煮，[④] 旋斫生柴帶葉燒"者異矣。然此盡是尋常說富貴語，
非萬乘天子體。於蓋聞太祖一日與朝臣議論不合，[⑤] 嘆曰：
"安得桑維翰者與之謀事乎？"左右曰："縱維翰在，陛下亦
不能用之。"蓋維翰愛錢。[⑥] 太祖曰："措大家眼孔小，[⑦] 賜與
十萬貫，則塞破屋子矣。"[⑧] 以此言之，不知彼所謂"金爐"
"香獸""紅錦""地衣"，當費得幾萬貫？[⑨] 此語得無是措大
家眼孔乎？

---

① "健"，原校：儒學本作"傑"。

② "予"上，原校：原本有"以"字，從儒學本刪。

③ "點"，原校：原本作"滴"，從儒學本改。

④ "謂"，原校：原本無"謂"字，從儒學本補。

⑤ "此盡是尋常說富貴語非萬乘天子體於蓋聞"，原校：以上十八字原本
無，從儒學本補。"於蓋"二字舛誤，惟無他本可校。

⑥ "在陛下亦不能用之蓋維翰"，原校：以上十一字原本無，從儒學本補。

⑦ "措大家"，原校：儒學本作"窮措大"。

⑧ "子"，原校：原本無"子"字，從儒學本補。

⑨ "得"，原校：原本無"得"字，從儒學本補。

歐蘇梅比肩韓孟①

韓退之之與孟東野爲詩友，近歐陽公復得梅聖俞，謂可比肩韓孟。② 故公詩云“猶喜共量天下事，亦勝東野亦勝韓”也，蓋嘗目聖俞爲詩老云。公亦最重蘇子美，稱爲“蘇梅”。③ 子美喜爲健句，而梅詩乃務爲清切閒淡之語。④ 公有《水谷夜行》詩，備述其體。然子美嘗曰：“吾不幸寫字，人以比周越；作詩，人以比梅堯臣。”此又可笑。

歐公詩仿韓作

韓文公嘗作《赤藤杖歌》云：“赤藤爲杖世未窺，臺郎始携自滇池。”“共傳滇神出水獻，⑤ 赤龍拔鬚血淋漓。又云羲和操火鞭，瞑到西極睡所遺。”⑥ 此歌雖窮極物理，然恐非退之極致者。歐公遂每每效其體，作《凌溪大石》云：⑦ “山

---

① “歐蘇梅比肩韓孟”，原校：儒學本作“歐陽公喜梅聖俞蘇子美詩”。
② “可”，原校：原本“可”字作“此事二”字，從儒學本改。
③ “稱”上，原校：原本有“獨”字，從儒學本刪。
④ “閒淡之語”，原校：四字原本作“閒淡”二字，抄本作“閒淡”二字，從儒學本改。
⑤ “滇”，原校：原本作“須”，張本、抄本均同，據宋本韓集正。
⑥ “睡”，原校：原本誤作“垂”，從張本、抄本改，案韓集作“睡”。
⑦ “凌”，原校：案歐集作“菱”。

經地志不可究，遂令異説爭紛紜。皆云女媧初鍛煉，融結一氣凝精純。仰觀蒼蒼補其缺，染此紺碧瑩且温。或疑古者燧人氏，鑽以出火爲炮燔。苟非聖人親手迹，[①] 不爾孔穴誰雕剜。又云漢使把漢節，西北萬里窮昆侖。行經於闐得寶玉，流入中國隨河源。沙磨水激自穿穴，所以鐫鑿無瑕痕。”觀其立意，故欲追仿韓作，然頗覺煩冗，不及韓歌爲渾成爾。公有又《石篆詩》云：[②]“我疑此字非筆墨，又疑人力非能爲。始從天地胚胎判，元氣結此高崔巍。當時野鳥踏山石，萬古遺迹於蒼崖。山祇不欲人屢見，[③] 每吐雲霧深藏埋。”《紫石硯屏歌》云：“月從海底來，行向天東南。正當天中時，下照萬丈潭。[④] 潭中無風月不動，[⑤] 倒影射入紫石巖。月光水潔石瑩淨，[⑥] 感此陰魄來中潛。自從月入此石中，天有兩曜分爲三。”公又嘗作《吳學士石屏歌》云：“吾嗟人愚，不見天地造物之初難，[⑦] 乃云萬物生自然。豈知鐫鑿刻畫醜與妍，[⑧] 千狀萬態不可殫，神愁鬼泣日夜不得閒。”此三篇亦前詩之意

---

① “人”，原校：案歐集作“神”。

② “又”，原校：原本作“有”，從張本、抄本改。

③ “欲”，原校：原本作“與”，從張本改，案歐集作“欲”。

④ “萬”，原校：案歐集作“千”。

⑤ “中”，原校：案歐集作“心”。

⑥ “水”，原校：張本、抄本作“冰”。“瑩”，原校：原本作“螢”，從張本、抄本改，案歐集作“瑩”。

⑦ “難”，原校：原本作“雖”，從張本、抄本改，案歐集作“難”。

⑧ “鑿”，原校：案歐集作“纔”。

也，其法蓋出於退之。然《石屏歌》云："又疑鬼神好勝憎吾儕，欲極奇怪窮吾才。"而《洛陽牡丹圖》詩又云："又疑人心愈巧偽，天欲鬥巧窮精微。"二詩殆是一意，自不宜兩用。

歐公言古詩①

歐公嘗言："古詩中時作一兩聯屬對，尤見工夫。"② 觀公《內制集序》云："若夫涼竹簟之暑風，曝茅檐之冬日。③睡餘支枕，④ 念昔平生，顧瞻玉堂，如在天上。"乃知公不獨用之於詩也。予三復此語，並誦淵明《歸去來辭》云："舟遙遙以輕揚，⑤ 風飄飄而吹衣。問征夫以前路，恨晨光之熹微。乃瞻衡宇，載欣載奔。童僕歡迎，稚子候門。三徑就荒，松菊猶存，攜幼入室，有酒盈樽。引壺觴以自酌，眄庭柯以怡顏；倚南窗以寄傲，審容膝之易安。"⑥ 又云："農人告予以春及，將有事於西疇。或命巾車，或棹孤舟。既窈窕以尋壑，亦崎嶇而經丘。木欣欣以向榮，泉涓涓而始流。"因思乎

---

① "歐公言古詩"，原校：儒學本作"論作文工夫"。
② "尤"，原校：原本作"猶"，從儒學本改。
③ "曝"，原校：儒學本作"瞻"。
④ "支"，原校：原本誤作"友"，諸本均作"支"，從改。
⑤ "以"，原校：儒學本作"而"。
⑥ "膝"，原校：原本誤作"籐"，諸本均作"膝"，從改。

文中時復作四言句，① 使相間錯成文，② 又益奇也。

山谷言詩③

　　山谷嘗言："作詩正如作雜劇，初如布置，④ 臨了須打
諢，方是出場。"予謂雜劇出場，誰不打諢？只難得切題可笑
也。⑤ 山谷蓋是讀秦少章詩，惡其終篇無所歸，故有此語。
然東坡嘗有《對賜御書》詩曰："小臣願對紫薇花，試草尺
書招贊普。"⑥ 秦少章一見，便曰："如何便説到這裏？"⑦ 少
章之意，蓋謂東坡不當合闔，然亦是不會看雜劇也。據東坡
自注云："時熙河秋獲鬼章，⑧ 是日涇原復奏夏賊數十萬人皆
遁去。"⑨ 故其詩云："莫言弄墨數行書，⑩ 須信時平由主聖。
犬羊散盡沙漠空，捷烽夜到甘泉宮。"⑪ 似聞指揮築上郡，已

----

①　"乎"，原校：儒學本作"平"。
②　"使"，原校：原本無"使"字，從儒學本補。
③　"山谷言詩"，原校：儒學本作"杜詩如作雜劇臨了打諢方是出場"。
④　"如"，原校：儒學本作"時"。
⑤　"難"上，原校：儒學本有"是"字。"也"，原校：儒學本作"耳"。
⑥　"普"，原校：原本缺"普"字，從諸本補。
⑦　"便"，原校：原本作"一"，從儒學本改。
⑧　"章"，原校：原本缺"章"字，從儒學本、抄本補。
⑨　"原"，原校：原本作"源"，從儒學本改。"奏"，原校：原本作"秦"，從儒
學本改。
⑩　"弄"，原校：原本誤作"美"，從儒學本、抄本改。
⑪　"烽"，原校：原本作"鋒"，從儒學本、抄本改。

覺談笑無西戎。"乃知坡詩意自有在。①

山谷論淵明詩②

山谷嘗言："睹淵明《責子》詩，想見其人愷悌慈祥，戲謔可觀也。俗人便謂淵明諸子皆不肖，③ 而淵明愁嘆見於詩。可謂癡人前不得説夢也。"然老杜云："淵明避俗翁，未必能達道。有子賢與愚，何用挂懷抱！"④ 如山谷所云，則杜公猶自未能免俗，⑤ 何耶？

東坡山谷詩可謂畫本⑥

東坡咏梅，⑦ 有"竹外一枝斜更好"之句，此便是坡作《夾竹梅花圖》，⑧ 但未下筆耳。每咏其句，便如行孤山籬落

---

① "坡"，原校：原本誤作"頗"，從諸本改。
② "山谷論淵明詩"，原校：儒學本作"山谷言淵明責子詩"。
③ "肖"下，原校：原本有"也"字，從儒學本改。
④ "用"，原校：儒學本作"必"。
⑤ "自"，原校：儒學本作"是"。
⑥ "東坡山谷詩可謂畫本"，原校：儒學本作"評詩句可作畫本"。
⑦ "咏"，原校：原本作"畫"，諸本均作"咏"，從改。
⑧ "夾"，原校：原本作"一"，儒學本、抄本均作"夾"，從改。"花"，原校：原本無"花"字，從儒學本補。

間，風光物采來照映，① 人應接不暇也。② 近讀山谷文字云：
"適有人以桃杏雜花擁一枝梅見惠，③ 谷爲作詩。不知惠者何
人，然能如此安排，亦是不凡。正如市倡東塗西抹，忽見謝
家夫人，蕭散自有林下風采，④ 益復可喜。"竊謂此語便可與
坡詩對，畫作兩幅圖子也。戲録於此，將與好事者以爲畫本。

東坡、秦少游、周美成詩⑤

東坡《藏春塢》詩有"年抛造物甄陶外，春在先生杖履
中"之句。其後秦少游作《俞待制挽詞》遂云："風生使者
旌麾上，⑥ 春在將軍俎豆中。"人已謂其依仿太甚。今人只見
周美成《蔡相生辰詩》云："化行禹貢山川外，人在周公禮
樂中。"相傳競以爲佳，不知前輩已叠用之矣。人之易欺
如此。⑦

---

① "采"，原校：儒學本作"彩"。
② "應接"，原校：二字儒學本作"顧揖"，張本作"順揖"。
③ "有"，原校：儒學本無"有"字。
④ "采"，原校：儒學本作"氣"。
⑤ "東坡、秦少游、周美成詩"，原校：儒學本作"周美成仿東坡秦少游詩"。
⑥ "麾"，原校：儒學本作"旗"。
⑦ "如此"，原校：二字儒學本作"多此類也"。

卷之八

詩　類

東坡贈劉景文文與可詩①

東坡居吳中久，頗熟其風土。嘗作詩云："荷盡已無擎雨蓋，菊殘猶有傲霜枝。一年好景君須記，最是橙黃橘綠時。"論者謂非吳人②，不知其爲佳也。坡又嘗作《文與可洋州園池》詩曰："金橙縱復里人知，不見鱸魚價自低。須是松江烟雨底，小船燒菇擣香虀。"又云：③"溶溶春港漾晴暉，蘆芽生時柳絮飛。不見江南三月裏，④桃花流水鱉魚肥。"予謂

---

　　① "文"，原校：原本誤作"文文"，張本作"文文"，案蘇集應作劉景文，據改；"東坡贈劉景文文與可詩"，原校：儒學本作"吳中橙、菇、鱸鱠、桃水、肥鱉景致"。

　　② "者謂"，原校：二字原本脫，從儒學本補。

　　③ "金橙縱復里人知不見鱸魚價自低須是松江烟雨底小船燒菇擣香虀又云"，原校：以上三十字原本脫，從儒學本補。

　　④ "裏"，原校：詩集作"還有江南風物否"，張本小注：誤作"大"字，在"不見"句上。

橙、虀、鱸鱠、桃花、肥鮆，① 似此景致，亦豈北人所有？

東坡西湖詩②

東坡酷愛西湖，嘗作詩云："若把西湖比西子，淡妝濃抹總相宜。"③ 識者謂此兩句已道盡西湖好處。④ 公又有詩曰："雲山已作歌眉淺，⑤ 山下碧流清似眼。"⑥ 予謂此詩又是爲西子寫生也。要識西子，但看西湖；要識西湖，但看此詩。

東坡詩用事多誤

東坡詩用事多有誤處。⑦《虢國夫人夜游圖》詩云："當時亦笑潘麗華，⑧ 不知門外韓擒虎。"陳後主張貴妃名麗華，韓擒虎平陳後主、麗華俱見收。而齊東昏侯有潘淑妃，⑨ 初亦名麗華也。又按《梅花》絕句云：⑩"月地雲階漫一樽，玉

---

① "予謂"，原校：二字原本脱，從儒學本補。
② "東坡西湖詩"，原校：儒學本作"借西子形容西湖"。
③ "總"，原校：原本作"也"，從儒學本改。
④ "盡"，原校：原本無"盡"字，從儒學本補。
⑤ "淺"，原校：儒學本作"斂"。
⑥ "流"，原校：原本作"桃"，從諸本改。
⑦ "有"，原校：儒學本無"有"字。
⑧ "潘"，原校：原本作"張"，從儒學本改。
⑨ "潘"，原校：儒學本無"潘"字。
⑩ "又按"，原校：原本作"東坡"，從儒學本改。

奴終不負東昏。臨春結綺荒荊棘，誰信幽香是返魂。"此亦張麗華事，而坡作東昏侯用之。坡又有詩云："全勝倉公飲上池。"①《史記》："飲上池乃是扁鵲。"又詩云："縱令司馬能鑱石，②奈有中郎解摸金。"而袁紹檄曹操蓋云"發丘中郎""摸金校尉"。③又詩云："市區收罷魚豚稅，來與彌陀共一龕。"褚遂良云："一食清齋，彌勒同龕。"非"彌陀"也。此類非一，蓋惟大才方可闊略，餘人正不可學。

呂居仁、秦少游詩④

呂居仁嘗有一絕云："胡虜那知鼎重輕，禍胎元自誤公卿。⑤襄陽耆舊推龐老，受禪碑中無姓名。"後有人題於館驛壁上，⑥仍注其下云："此呂本中嘲厥祖之作。"⑦見者無不大笑，蓋呂之父嘗聯名立偽楚故也。近王會出守吳興，其甥秦伯陽以詩送之，卒章云："飽聞呂老榴皮字，⑧試問溪頭鶴髮

---

① "全"，原校：儒學本作"令"。

② "縱"，原校：儒學本作"儀"，從儒學本改。"石"，原校：原本誤作"鑱"，從儒學本改。

③ "丘"，原校：原本作"土"，從儒學本改。

④ "呂居仁秦少游詩"，原校：儒學本作"嘲厥頑"。

⑤ "禍"，原校：原本作"摘"，從儒學本改。

⑥ "後"，原校：原本作"復"，從儒學本改。

⑦ "祖"，原校：儒學本作"頑"，下同。

⑧ "呂"，原校：原本作"東"，從儒學本改。

翁。"自注云:"事見東坡詩。"按,坡集言吕洞賓嘗以石榴皮書字於湖州沈東老之壁,① 故后山詩云:②"至用榴皮緣底事,中書君豈不中書。"其意不能無諷議也。今秦公乃指坡此詩爲出處,無乃亦嘲厥祖乎？兹可以絶倒。③

梅聖俞河豚車螯詩④

梅聖俞《河豚》詩云:"但言美無度,⑤ 誰知死如麻。"歐公《食車螯》詩亦云:"但知美無厭,誰謂來甚遲。"便覺牽强,⑥ 不似梅詩爲切題。

王荆公晚年極精巧⑦

荆公晚年詩極精巧,⑧ 如云"木落山林成自獻,潮回洲渚得橫陳""一水護田將緑繞,兩山排闥送青來"之類,可

---

① "沈",原校:原本無"沈"字,從儒學本補。
② "后山",原校:儒學本"后山"作"坡"。
③ 原校:按此,陳後山非東坡詩,此注張本同,儒學本無。
④ "梅聖俞河豚車螯詩",原校:儒學本作"梅聖俞河豚歐公食車螯詩"。
⑤ "度",原校:原本作"厭",從儒學本改。
⑥ "便",原校:儒學本"便"字作"然已"二字。
⑦ "王荆公晚年極精巧",原校:儒學本無"晚年"二字。
⑧ "極",原校:原本無"極"字,從儒學本補。

見其琢句工夫，① 然論者猶恨其雕刻太過。公嘗讀杜荀鶴《雪》詩云：②"江湖不見飛禽影，巖谷惟聞拆竹聲。"改云宜作"禽飛影""竹拆聲"。又王仲至《試館職》詩云："日斜奏罷《長楊賦》，閒拂塵埃看畫牆。"公爲改云"奏賦《長楊》罷"，③ 云："如此語健。"④ 此亦是一癖。⑤

陳簡齋墨梅詩⑥

客有誦陳去非《墨梅》詩於予者，且云："信古人未曾道此。"予誦其一曰："'潔白江南萬玉妃，⑦ 別來幾度見春歸。相逢京洛渾依舊，⑧ 只是緇塵染素衣。'世以簡齋詩爲新體，豈此類乎？"客曰："然。"予曰："此東坡句法也。坡《梅花》絕句云：'月地雲階漫一樽，玉奴終不負東昏。臨春結綺荒荊棘，誰信幽香是返魂。'簡齋亦善奪胎耳。簡齋又有《蠟梅》詩曰：⑨ '奕奕金仙面，排行立晚晴。⑩ 殷勤夜來雪，

---

① "可見其"，原校：三字原本作"皆"，從儒學本改。
② "雪"，原校：原本無"雪"字，從儒學本補。
③ "爲改云"，原校：三字儒學本作"又改爲"。
④ "語健"，原校：二字原本作"詩健"，從儒學本改。按，作"三"誤。
⑤ "亦"，原校：原本無"亦"字，從儒學本、抄本補。
⑥ "陳簡齋墨梅詩"，原校：儒學本作"咏梅"。
⑦ "潔白"，原校：二字儒學本作"粲粲"。
⑧ "京洛"，原校：原本作"藩"，從儒學本、抄本改。
⑨ "又有"，原校：二字原本無，從儒學本補。
⑩ "晚"，原校：儒學本作"曉"。

少住作珠纓。’亦此法也。”

畢狀元贈子山詩①

畢狀元漸使福建日，嘗按部過羅源。② 時南華翁林子山致仕居南華洞，年已八十餘，以詩迓之，有“當年春榜首聞名，對御如君有幾人”之句，畢公和贈之，多所獎借。其詩曰：“兒童聞說子山名，將謂先生是古人。③ 海上偶經仙洞府，巖前猶見玉精神。南華久徹逍遙夢，兜率重來自在身。攜得新詩天上去，不教辜負到全閩。”人言畢狀元眉目如畫，詩詞亦自清拔，予兒時見人多誦此詩，④ 至今父老猶能誦之，真佳句也。今《青瑣集》中，多載當時諸公贈子山詩，而獨無此篇，故記於此，⑤ 以補《青瑣》之闕。

林子山詩

林子山詩亦多佳句，⑥ 其自叙：“過門人指朝郎宅，入室

---

① “畢狀元贈子山詩”，原校：儒學本無“贈子山”三字。
② “源”，原校：原本作“原”，從儒學本、抄本改。
③ “古”，原校：原本作“故”，從儒學本改。
④ “見”，原校：原本無“見”字，從儒學本補。
⑤ “記”上，原校：儒學本有“遂”字。
⑥ “亦”上，原校：原本有“中”字，從儒學本刪。

渾如野老家。"人皆許其有隱者之致。然輕薄子猶誦其《出
山》詩云："尺書中夜至，清曉即揚鞭。"人謂子山"三詔不
起"，於是聞者莫不絕倒。

王荆公論李、杜、韓、歐四家詩①

　　荆公論李杜韓歐四家詩，② 而以歐公居太白之上，曰：
"李白詩語迅快，③ 無疏脫處，然其識污下，十句九句言婦
人、酒耳。"予謂詩者，妙思逸想所寓而已。太白之神氣，當
游戲萬物之表，其於詩特寓意焉耳，④ 豈以婦人與酒能敗其
志乎？⑤ 不然，則淵明篇篇有酒，謝安石每游山必攜妓，亦
可謂之其識不高耶？⑥ 歐陽公文字寓興高遠，⑦ 多喜爲風月閒
適之語，蓋效太白爲之，⑧ 故東坡作歐公集序亦云"詩賦似
李白"，此未可以優劣論也。黃魯直初好作艷歌小詞，⑨ 道人
法秀謂其以筆墨誨淫："於我法中，當墜泥犁之獄。"魯直自

---

① "王荆公論李杜韓歐四家詩"，原校：儒學本作"詩人多寓意於酒婦人"。
② "論"，原校：儒學本作"編"。
③ "語"，原校：原本作"謂"，從儒學本改。
④ "特"，原校：原本無"特"字，從儒學本補。
⑤ "能"，原校：原本無"能"字，從儒學本補。"志"，原校：儒學本作"意"。
⑥ "之"，原校：儒學本無"之"字。
⑦ "寓"，原校：儒學本作"寄"。
⑧ "效"上，原校：儒學本有"是"字。
⑨ "好"，原校：原本無"好"字。

是不甚作。① 以魯直之言能誨淫，則可；以爲其識污下，② 則不可。

東坡論盧仝、馬異、杜默詩③

東坡嘗言：作詩狂怪，至盧仝、馬異極矣。若更求奇，便作杜默。默之歌詩，坡以爲山東學究飲村酒，食瘴死牛肉，醉飽後所發者也，尚足言詩乎？予聞慶曆中，京師有民自號豁達李老者，每好吟咏，而辭多鄙俚。故予亦戲謂：④ 作詩平易至白樂天、杜荀鶴極矣，若更淺近，又是豁達李老。

詩指物有優劣⑤

詩中有俱指一物而下句不同者，⑥ 以類觀之，方見優劣。王右丞云：“遍插茱萸少一人。”朱放云：⑦“學他年少插茱萸。”子美云：“好把茱萸仔細看。”此三句皆言茱萸，而杜

---

① “甚”，原校：儒學本作“復”。
② “其”，原校：原本無“其”字，從儒學本補。
③ “東坡論盧仝馬異杜默詩”，原校：儒學本作“作詩狂怪似豁達李老”。
④ “戲”上，原校：儒學本有“嘗”字。
⑤ “詩指物有優劣”，原校：儒學本作“論詩人下句優劣”。
⑥ “者”，原校：原本無“者”字。
⑦ “放”，原校：儒學本作“仿”。

當爲優。又如子美云："魚吹細浪搖歌扇。"李侗云："魚搖清影上簾櫳。"① 韓偓云："池面魚吹柳絮行。"此三句皆言魚戲，而韓當爲優。又白公云："梨花一枝春帶雨。"李賀云："桃花亂落如紅雨。"王勃云："朱簾暮卷西山雨。"此三句皆言雨，而王當爲優。學詩者以此求之，思過半矣。

詩有四雨句優劣②

予與林邦翰論詩，及四雨字句，邦翰云："'梨花一枝春帶雨'句雖佳，不免有脂粉氣，不似'朱簾暮卷西山雨'，多少豪傑。"予因謂樂天句似茉莉花，王勃句似含笑花，李長吉"桃花亂落如紅雨"似檐葡花，而王荆公以爲總不似"院落深沉杏花雨"，乃似闍提花。邦翰撫掌曰："吾子此論不獨詩評，乃花譜也。"③

---

① "侗"，原校：儒學本作"潤"。"搖"，原校：儒學本作"弄"。"清"，原校：儒學本作"波"。"櫳"，原校：原本無"櫳"字。

② "詩有四雨句優劣"，原校：儒學本作"詩評乃花譜"。

③ 原校：此條儒學本於"梨花一枝春帶雨"，"雨"字下脱一頁，與"艾慎幾傾蓋交"條内曰"野水無人渡"相接。

詩有格高韻勝之辨①

予每論詩，以陶淵明、韓、杜諸公皆爲韻勝。一日見林
倅於徑山，夜話及此。林倅曰："詩有格有韻，故自不同。如
淵明詩是其格高；謝靈運'池塘春草'之句乃其韻勝也。格
高似梅花，韻勝似海棠花。"予聽之，矍然若有悟。②自此讀
詩頓進，③便覺兩眼如月，盡見古人旨趣，④然恐前輩或有所
未聞。⑤

《冷齋夜話》誕妄⑥

予嘗疑山谷小詞中，有《和僧惠洪〈西江月〉》一首云：
"日側金盤墮影，⑦雁回醉墨書空。⑧君詩秀絶兩園葱，⑨相
見枘衣寒擁。⑩蟻穴夢回人世，楊花踪迹風中。莫將社燕等

---

① "詩有格高韻勝之辨"，原校：儒學本無"之辨"二字，"韻"上有"有"字。
② "悟"上，原校：儒學本有"所"字。
③ "頓"，原校：原本作"須"，從儒學本改。
④ "旨"，原校：儒學本作"宗"。
⑤ "然"，原校：儒學本作"實"。"或"，原校：儒學本無"或"字。
⑥ "冷齋夜話誕妄"，原校：儒學本作"僧惠洪詞"。
⑦ "日側金盤墮影"，原校：儒學本作"月側金盆墮水"。
⑧ "書"，原校：儒學本作"當"。
⑨ "葱"，原校：原本作"匆匆"，張本作"匆匆"。
⑩ "寒"，原校：原本作"間"，從儒學本改。

秋鴻，處處春山翠重。"意其非山谷作。後人見洪載於《冷齊夜話》，遂編入《山谷集》中。據《夜話》載，洪與山谷往返語話甚詳，① 而集中不應不見，此詞亦不類山谷辭，② 真贗作也。後讀曾公所編《皇宋百家詩選》，③ 乃云惠洪多誕，《夜話》中數事皆妄。④ 洪嘗詐學山谷，作《贈洪詩》云："韻勝不減秦少游，⑤ 氣爽絕類徐師川。"師川見其體製，絕似山谷，喜曰："此真舅氏詩也。"遂增置《豫章集》中。⑥然予觀此詩，全篇亦不似山谷體製，以此益知其妄。

僧病可瘦權詩太清⑦

予嘗與僧惠空論今之詩僧，⑧ 如病可、瘦權輩。要皆能詩，⑨ 然嘗病其太清。予因誦東坡《陸道士墓志》，⑩ 坡嘗語

---

① "語"，原校：原本作"諸"，從儒學本改。

② "辭"，原校：儒學本作"文"。

③ "曾公"，原校：原本作"晋公"，從儒學本改。案陳振孫《書錄解題》有《本朝百家詩選》爲曾慥編。

④ "妄"，原校：原本脫"妄"字，從儒學本、抄本補。

⑤ "游"，原校：原本作"觀"，案秦觀，字少章，不得云"少觀"。儒學本作"游"，從改。

⑥ "增"，原校：儒學本作"收"。"中"，原校：儒學本無"中"字。

⑦ "僧病可瘦權詩太清"，原校：儒學本作"文章忌俗與太清"。

⑧ "惠"，原校：儒學本作"慧"。

⑨ "輩要"，原校：原本二字缺，從儒學本、抄本補。

⑩ "誦"，原校：原本作"贈"，從儒學本改。

陸云："子神清而骨寒，其清足以仙，其寒亦足以死。"① 此語雖似相法，② 其實與文字同一關捩。蓋文字固不可犯俗，③ 而亦不可太清。④ 如人太清則近寒，要非富貴氣象，此固文字所忌也。今觀二僧詩，⑤ 正所謂其清足以仙，⑥ 其寒亦足以死者也。空云："吾往在豫章，從李商老游，⑦ 一日亦論至可師處，⑧ 商老曰：'可詩句句是廬山景物，試拈卻廬山，⑨ 不知當道何等語?'⑩ 亦以爲有太清之病。"予笑謂空曰："商老此論，⑪ 毋乃暗合孫吳耶。"

---

① "亦"，原校：原本無"亦"字，從儒學本補。
② "似"，原校：原本無"似"字，從儒學本補。
③ "犯"，原校：原本無"犯"字，從儒學本補。
④ "而"，原校：原本無"而"字，從儒學本補。
⑤ "今"，原校：儒學本無"今"字。
⑥ "詩正"，原校：二字原本無，從儒學本補。
⑦ "從"上，原校：儒學本有"蓋"字。
⑧ "日亦"，原校：原本作"月一"，從儒學本改。
⑨ "試"，原校：原本作"詩"，從儒學本改。"拈卻"，原校：原本二字缺，從儒學本補，抄本作"抬卻"。
⑩ "何"，原校：原本無"何"字，"語"字下有"等"字，從儒學本、抄本改補。
⑪ "曰"，原校：原本無"曰"字，從儒學本、抄本補。"論"，原校：儒學本作"語"。

謝庭咏雪詩①

“撒鹽空中”，此米雪也;②“柳絮因風起”,③ 此鵝毛雪也。然當時但以道韞之語爲工。予謂《詩》云：“相彼雨雪，先集維霰。”“霰”即今所謂米雪耳。乃知謝氏二句，當各有所謂,④ 固未可優劣論也。東坡遂有“柳絮才高不道鹽”之句，此是且圖對偶親切耶。⑤

---

① “謝庭咏雪詩”,原校:儒學本作“文字各有所主,未可優劣論”。
② “米”,原校:原本誤作“未”,諸本改,下同。
③ “起”,原校:儒學本無“起”字。
④ “所”,原校:原本無“所”字,從儒學本補。
⑤ “是”上,原校:原本有“豈”字,從儒學本删。

卷之九

詩文類

文中有詩，詩中有文①

韓以文爲詩，杜以詩爲文，世傳以爲戲。然文中要自有詩，詩中要自有文，亦相生法也。文中有詩，則句語精確；詩中有文，則詞調流暢。謝元暉曰：“好詩圓美流暢如彈丸。”② 此所謂詩中有文也。唐子西曰：“古人雖不用偶儷，而散句之中暗有聲調；③ 步驟馳騁亦有節奏。”此所謂文中有詩也。前代作者皆知此法，④ 吾所謂無出韓杜。觀子美到夔州以後詩，簡易純熟，無斧鑿痕，信是如彈丸矣。退之之

---

① “文中有詩，詩中有文”，儒學本作“韓以文爲詩，杜以詩爲文”。
② “暢”，儒學本作“轉”。
③ “散”，原校：儒學本作“警”。
④ “此”，原校：二字原本作“如”，從儒學本改。

《畫記》，觀其鋪張收放，① 字字不虛，但不肯入韻耳。或者
謂其殆似甲乙帳，② 非也。以此知杜詩、韓文，闕一不可。
世之議者，遂謂子美無韻語，③ 不堪讀，④ 而以退之之詩，但
爲押韻文者。⑤ 是果足爲韓杜病乎？⑥ 文中有詩，詩中有文，
當有知者領予此語。⑦

韓文、杜詩用字有來處⑧

文人自是好相采取。韓文杜詩號不蹈襲者，然無一字無
來處。乃知世間所有好句，古人皆已道之，能者時復暗合孫
吳耳。大抵文字中自立語最難，用古人語又難於不露筋骨，
此除是具倒用大司農印手段始得。⑨

---

① “觀其”，原校：儒學本無“觀其”二字。“張”，原校：儒學本作“排”。
② “殆似”，原校：二字原本作“始自”，從儒學本改，抄本作“殆自”。“帳”，
原校：原本無“帳”字，從儒學本補。
③ “無”，原校：原本作“於”，從儒學本改。
④ “不”上，原校：儒學本有“始”字，疑“殆”之誤。
⑤ “文”上，原校：儒學本有“之”字。
⑥ “爲”上，原校：儒學本有“以”字。
⑦ “當有”，原校：原本無“當有”二字。
⑧ “韓文杜詩用字有來處”，原校：儒學本“用字有”作“無一字無”。
⑨ “具”，原校：原本無“具”字，從儒學本補。

李、杜、韓、柳有優劣[①]

唐世詩稱李杜，文章稱韓柳。今杜詩語及太白處，[②] 無慮十數篇，而太白未嘗有與杜子美詩，只有《飯顆》一篇，意頗輕甚。論者謂：以此可知子美傾倒太白至矣。[③] 晏元獻公嘗言：“韓退之扶導聖教，剗除異端，自其所長。[④] 若其祖述墳典，憲章騷雅，上傅三古，下籠百氏，橫行闊視於綴述之場者，子厚一人而已。”[⑤] 然學者至今但雷同稱述，[⑥] 其實李杜韓柳，豈無優劣？達者觀之，自可默喻。

孫樵文、白樂天、黃魯直詩[⑦]

黃魯直詩本規模老杜，[⑧] 至今遂別立宗派，所謂當仁不讓也。[⑨] 若乃學退之而不至者爲孫樵，學淵明而不至者爲白

---

① “李杜韓柳有優劣”，原校：儒學本無“有”字。
② “處”，原校：儒學本無“處”字。
③ “矣”，原校：原本作“難”，從儒學本改。
④ “自”，原校：原本作“是”，從儒學本改。
⑤ “已”上，原校：儒學本有“矣”字。
⑥ “述”，原校：儒學本作“説”。
⑦ “孫樵文白樂天黃魯直詩”，原校：儒學本作“右軍書東坡字魯直詩”。
⑧ “規”上，原校：儒學本有“是”字。
⑨ “所”，原校：原本作“故”，從儒學本改。

樂天，則又所謂減師半德也？①

陳后山學文於南豐，學詩於山谷②

陳后山學文於曾子固，學詩於黃魯直。嘗有詩云：③“向來一瓣香，敬爲曾南豐。”然此香獨不爲魯直，何也？

歐公變文格而不能變詩格④

歐陽公詩猶有國初唐人風氣，公能變國朝文格，而不能變詩格。及荆公、蘇黃輩出，然後詩格極於高古。

---

① “又所”，原校：二字原本作“不”，從儒學本改。“德”，原校：原本作“青”，從儒學本改，張本作“清”。此條儒學本接“王右軍東坡字”條“所謂青出於藍也”句下爲一條。

② “陳后山學文於南豐，學詩於山谷”，原校：儒學本作“陳后山之學”。

③ “嘗”上，原校：儒學本有“蓋”字。

④ “歐公變文格而不能變詩格”，原校：儒學本無“變文格而”四字。

詩詞類

唐末詩體卑陋小詞奇絶①

　　唐末詩體卑陋,② 而小詞最爲奇絶。今人盡力追之,③ 有不能及者。予故嘗以唐《花間集》當爲長短句之宗。

詩四六類

以文體爲詩四六④

　　以文體爲詩,自退之始;以文體爲四六,自歐陽公始。

---

①　"唐末詩體卑陋小詞奇絶",原校:儒學本作"唐末小詞"。
②　"體",原校:儒學本作"格"。
③　"人"上,原校:儒學本有"世"字。
④　"以文體爲詩四六",原校:儒學本作"文體"二字。

詞曲類

蘇東坡《木蘭花》小詞[①]

《東坡集》中有《減字木蘭花》詞云："鄭莊好客,[②] 容我樽前時墮幘。[③] 落筆生風,籍甚聲名獨我公。[④] 高山白早,瑩雪肌膚那解老。從此南徐,良夜清風月滿湖。"人多不曉其意,或云:坡昔寓京口,官妓鄭容、高瑩二人嘗侍宴,[⑤] 坡喜之。二妓間請於坡,欲爲脫籍。坡許之而終不爲言。及臨別,[⑥] 二妓復之船所懇之,[⑦] 坡曰:"爾但持我此詞以往,太守一見,便知其意。"蓋是"鄭容落籍,[⑧] 高瑩從良"八字也。此老真爾狡獪耶!

王元澤小詞

世傳王元澤一生不作小詞,或者笑之。元澤遂作《倦尋

---

① "蘇東坡木蘭花小詞",原校:儒學本作"東坡謂鄭容落籍高瑩從良"。
② "莊"下,原校:原本衍"子"字,從儒學本、抄本刪。
③ "幘",原校:原本誤作"情",從儒學本改。
④ "獨",原校:原本"獨"字缺,從儒學本補。
⑤ "嘗",原校:原本無"嘗"字,從儒學本補。
⑥ "臨",原校:原本無"臨"字,從儒學本補。
⑦ "復",原校:原本無"復"字,從儒學本補。
⑧ "是",原校:原本作"見",從儒學本改。

芳慢》一首，時服其工。其詞曰："露晞向曉，簾幕風輕，小院閒晝。翠徑鶯來，驚下亂紅鋪綉。倚危牆，望高樹，海棠經雨胭脂透。算韶華，又因循過了，清明候。　　倦游宴、風光滿目，好景良辰，誰共攜手？恨被榆錢，買斷兩眉長皺。憶高陽，人散後，落花流水人依舊。這情懷，對東風、盡成消瘦。"① 此詞甚佳，② 今人多能誦之，③ 然元澤自此亦不復作。

書畫類

畫工善體詩人之意

唐人詩有"嫩綠枝頭紅一點，動人春色不須多"之句。聞舊時嘗以此試畫工。眾工競於花卉上妝點春色，皆不中選。惟一人於危亭縹緲綠楊隱映之處，④ 畫一美婦人憑欄而立，眾工遂服。此可謂善體詩人之意矣。唐明皇嘗賞千葉蓮花，因指妃子謂左右曰："何如此解語花也？"而當時語云：⑤ "上

---

① 原校：儒學本"其詞曰"作"其詞云云"，全刪不錄。
② "甚"，原校：儒學本作"誠"。
③ "能"，原校：儒學本作"讀"。
④ "綠楊之"，原校：儒學本無"綠楊之"三字。
⑤ "語云"，原校：二字儒學本作"謂之"。

宮春色，四時在目。”蓋此意也。然彼世俗畫工者，乃亦解此耶？

顧愷之、張長史書畫①

顧愷之善畫，而人以爲癡；張長史工書，而人以爲顛。予謂此乃二人之所以精於書畫者也，② 《莊子》曰“用志不分，乃凝於神”。

王右軍、蘇東坡字

王右軍書本學衛夫人，其後遂妙天下，所謂“風斯在下”也。東坡字本出顏魯公，其後遂自名家，所謂“青出於藍”也。③

---

① “顧愷之張長史書畫”，原校：儒學本“書畫”上有“精於”二字。
② “乃”，原校：原本無“乃”字，從儒學本補。
③ 原校：此條儒學本冠接“孫樵文、白樂天、魯直詩”條，“黃魯直詩本規模老句杜”上爲一條。

歐陽永叔、蔡君謨論硯書皆不同①

歐陽公論硯，以端石出端溪，色理瑩潤，以紫石爲上。歙石出龍尾溪，堅勁，多發墨。其石理微粗，② 以手摩之，索索有鋒鋩者，尤好也。而蔡君謨乃曰："端石瑩潤，惟有鋒鋩者尤佳極，③ 發墨，歙石多鋩，惟膩理特佳。" 蓋物之奇者，必異其類也。二公議論如此然。予觀二公論書亦自不同，不獨論硯也。④ 歐公愛柳公權書《高重碑》，⑤ 謂傳模者能不失真，而鋒鋩皆在。至於《陰符經序》，則君謨以爲柳書之最精者，尤善藏筆鋒也。二説正相反。以此言之，況夫文章豈有定論耶？

---

① "歐陽永叔、蔡君謨論硯書皆不同"，原校：儒學本"永叔"二字作"公"，"硯"下有"與"字，"書"下無"皆"字。

② "其"，原校：儒學本作"而"。

③ "佳極"，原校：儒學本無"佳極"字。

④ "也"，原校：儒學本無"也"字。

⑤ "高"，原校：原本作"亭"，從諸本改。

前代牌額先挂後書，碑石先立後刻①

前世牌額必先挂而後書，碑石必先立而後刻。② 魏凌雲臺至高，韋誕書榜，即日皓首，此先挂之驗也。今則先書而後挂。唐吐突承璀欲立石紀功德，③ 李絳上言請罷之。帝悟，命百牛倒石，此先立之驗也。今則先刻而後立。

讖　類

讖緯害經④

《五經正義》多引讖緯，⑤ 反害正經，皆可删。⑥ 歐陽公昔嘗有《札子》論其事。今《三國志注》多引神怪小説，無補正史處，亦可删。

---

① "牌"，原校：原本作"碑"，從儒學本改，下同。"代"，原校：儒學本"代"作"世碑"，"額"作"牌額"，無"碑石"二字。

② "石"，原校：儒學本無"石"字。

③ "功"，原校：儒學本作"聖"。

④ "讖緯害經"，原校：儒學本作"《五經正義》引讖纬，《三國志注》引神怪小説皆可删去"。

⑤ "義"，原校：原文作"文"，從儒學本改。

⑥ "删"下，原校：儒學本有"去"字。

東坡詩讖①

東坡《游金山寺》詩云："我家江水初發源，宦游直送江入海。"《松醪賦》亦云："遂從此而入海，渺翻天之雲濤。"② 人以坡此語爲晚年南遷之讖。③ 坡又嘗《贈潘谷》詩云："一朝入海尋李白，空看人間畫墨仙。"潘後數年果因醉赴於井中，趺坐而死，人皆異之。坡固不獨自讖，且又讖殺潘谷耶。

漢光武唐武宗信圖讖受籙④

光武却祥瑞不信，⑤ 而信圖讖。武宗除去浮屠，而躬受道家之籙。此與招一放一何異？

---

① "東坡詩讖"，原校:儒學本作"東坡南遷之讖"。
② "渺"，原校:原本作"眇"字，從儒學本改。
③ "南"，原校:原本作"高"，從諸本改。
④ "漢光武唐武宗信圖讖受籙"，原校:儒學本作"光武受圖讖，武宗受道籙"。
⑤ "信"，原校:原本作"受"，從儒學本改。

卷之十

聖賢類

伯夷、伊尹、柳下惠、孔子①

孟子所序三聖，世多泥於文而不知其意。王荊公曰：伊尹之後，士多進而寡退，故伯夷出而矯之；伯夷之後，士多退而寡進，故柳下惠出而矯之。三人者，皆因時之偏而救之，非天下之中道也，故不免有弊。至孔子之時，三聖之弊極於天下矣。②故孔子出，而後聖人之道大全，而無一偏之患。蘇子由獨以爲不然，曰：孔子嘗言此三人矣。或謂之仁人，或謂之賢人，未聞以聖人許之者。③其敘逸民，則曰："我則異於是，無可無不可。"夫人而不能無可無不可，尚足以爲聖

---

① "伯夷伊尹柳下惠孔子"，原校：儒學本作"論孟子序三聖"。
② "之"上，原校：儒學本有"人"字。
③ "許"上，原校：原本有"而"字，從儒學本刪。

人乎?① 且三代之風，今世不得見矣。春秋之世,② 士方以功利爲急，孰謂其多退而寡進，而有伯夷之弊，此皆妄意聖人耳。予謂此説，足以正荆公之失，而未盡孟子之意。孟子曰："伯夷，聖之清者也；伊尹，聖之任者也；柳下惠，聖之和者也。"此假義設辭也。蓋孟子謂："任與清與和，此三者，士君子爲行之大概也。士君子之行，苟未能至於聖人,③ 則必有所偏，偏則此三者必居其一矣。夫以天下庸庸之人，多同乎流俗而不能自立也。④ 士君子於此三者，苟得其一,⑤ 則亦可以自見於世。故假此三人者以顯其義，然而不免有所偏，非全德也。"故復假孔子以終其説曰："孔子，聖之時者也。"以爲士君子必如孔子，然後謂之全德。否則獨行一介之士而已，此孟子願學之意也。又安有矯弊之説?⑥ 彼孟子,⑦ 又豈以三子爲足與孔子並而稱聖乎?⑧ 予故曰：此孟子假義設辭，明矣。

---

① "人",原校:儒學本無"人"字。
② "世",原校:儒學本作"隙"。
③ "苟未能",原校:原本無"苟"字"能"字,從儒學本補。
④ "同",原校:原本作"因"字,從儒學本改。
⑤ "得",原校:儒學本作"能"。
⑥ "又"上,原校:儒學本有"夫"字。
⑦ "子"下,原校:儒學本有"者"字。
⑧ "以"上,原校:儒學本有"此"字。

伯夷、柳下惠、孟子、文中子①

孟子嘗以伯夷、柳下惠爲聖人，王荆公復以孟子爲聖人。雖要推尊孟子，然不必如此立論也。予觀《文中子》設教，自比孔子，而李翱至，以其書比之《太公家教》，則又似貶抑太過。要之，皆非至論也。②

孔、顏、孟之辯③

孔子所言説自己之事，④ 孟子所言説聖人之事，⑤ 此孔孟之辯。顏子氣厚，⑥ 孟子氣雄，此顏孟之辯。

孔子、曾子之説⑦

孔子曰："吾十有五而志於學，三十而立，四十而不惑，

---

① "伯夷柳下惠孟子文中子"，原校：儒學本作"王荆公推尊孟子"。
② "也"，原校：儒學本無"也"字。
③ "孔顏孟之辯"，原校：儒學本"孟"下有"子"字。
④ "之"，原校：諸本無"之"字。
⑤ "之"，原校：諸本無"之"字。
⑥ "氣"，原校：儒學本作"才"。
⑦ "孔子曾子之説"，原校：儒學本作"孔子自作行狀曾子自説傳法偈"。

五十而知天命，六十而耳順，七十而從心所欲，不逾矩。"此孔子未死前自作行狀也。曾子曰："君子所貴乎道者三：動容貌，斯遠暴慢矣；正顏色，斯近信矣；出辭氣，斯遠鄙倍矣。籩豆之事，則有司存。"此曾子臨終時，自說傳法偈也。①

孟子、賈生之說不及孔子②

父雖不父，子不可以不子；君雖不君，臣不可以不臣。而孟子曰："君之視臣如手足，則臣視君如腹心；君之視臣如犬馬，則臣視君如國人；君之視臣如土芥，則臣視君如寇讎。"不如賈誼曰：③"主上遇其臣如犬馬，彼將犬馬自爲也；如遇官徒，彼將官徒自爲也。"然誼猶有未盡者。④不如孔子曰"君使臣以禮，臣事君以忠"；不然則曰"大臣以道事君，不可則止"；不然則曰"邦有道，則仕；邦無道，則可卷而懷之"。⑤何至以犬馬官徒自爲乎。

---

① "自"，原校：儒學本無"自"字，從儒學本補。
② "說"，原校：原本作"法"，從張本、抄本改。"孟子、賈生之說不及孔子"，原校：儒學本作"君臣相待"。
③ "不"上，原校：儒學本有"乃"字。
④ "然"，原校：儒學本作"而"。
⑤ "之"下，原校：儒學本有"而已"二字。

異端類

楊墨、許行西晉餘習①

楊墨之道，昉於師商；② 許行之學，兆於樊遲；西晉之餘習，基於原壤。

儒釋類

儒釋迭爲盛衰

世傳王荆公嘗問張文定公曰："孔子去世百年生孟子，亞聖後絕無人，何也？"文定公曰："豈無，又有過孔子上者。"③ 公曰："誰？"文定曰："江西馬大師、汾陽無業禪師、雪峰、巖頭、丹霞、雲門是也。"公暫聞，意不甚解，乃問曰："何謂也？"文定曰："儒門淡薄，收拾不住，皆歸釋氏耳。"荆公欣然嘆服。其後説與張天覺，天覺撫几嘆賞曰："達人之論也。"遂記案間。④ 予謂馬大師等在孔子上下，今

---

① "楊墨許行西晉餘習"，原校：儒學本作"師商樊遲原壤之弊"。
② "昉"，原校：儒學本作"仿"。
③ "又"，原校：儒學本作"只"。
④ "案"上，原校：儒學本有"於"字。

不必論。然自馬大師之後，釋門又復淡薄，收拾不住，絶無一人。何也？豈其復生吾儒中乎？近世歐陽文忠公、司馬温公、范蜀公皆不喜佛，然其聰明之所照了，德行之所成就，真儒法也。① 豈復在馬大師下乎？吾以是知儒釋二者，② 殆迭爲盛衰，不知歐公後數十年，③ 當復生釋氏中，未可知也。方當吾儒生聖賢之時，要不可使邪説詭服者得以自肆，可也。雖然，吾豈與今世脱空謾語者較其上下耶？④ 惜荆公不聞此語。

老氏類

唐武宗、李德裕深信道家之説⑤

李德裕云：⑥“嘗於便殿對武宗言及方士，上曰：‘宮中無事，以此遣悶耳。’”予切疑非武宗之言。⑦ 按《唐紀》，會昌五年正月作仙臺於南郊，六月作望仙樓於神策軍，至八月，

---

① “儒”，原校：儒學本作“佛”。
② “者”，原校：儒學本作“教”。
③ “十”，原校：儒學本作“千”。
④ “脱”上，原校：儒學本有“所謂”二字。
⑤ “唐武宗李德裕深信道家之説”，原校：儒學本作“李德裕托遣悶之説歸咎武宗”。
⑥ “云”，原校：儒學本“云”字作“嘗言”。
⑦ “非”上，原校：儒學本有“其”字。

遂大毀僧寺，復僧尼爲民。顧其行事如此，豈但遺悶而已。①
會昌之政，德裕内之。② 其深信道家之説，恐非但武宗之意。
予讀《會昌投龍文》，見武宗自稱“承道繼玄、昭明三光弟
子、南岳炎上真人”，③ 而德裕《茅山三像記》則自號“上清
玄都大闕三景弟子”，④ 蓋其君臣相效，所爲如此。於是知解
悶之語，實一時飾説耳。⑤ 德裕誠恐天下後世議己，⑥ 故以此
歸咎於其君耳。⑦ 不然則德裕於此不容無説。德裕誠有意於
諫，何不以憲宗之事告之？憲宗時，李絳等嘗盛夏廷對，⑧
帝汗浹衣，絳等欲退，帝曰：“宮中所對，⑨ 惟宦官女子，欲
與卿等講天下事，乃其樂也。”武宗解悶，得無有與講天下事
以爲樂者乎？⑩ 吾故以爲德裕實托此語以歸咎於其君者。⑪ 不
然，則德裕亦可謂不善補闕者矣。⑫

---

① “遺”，原校：儒學本作“解”。
② “内”，原校：儒學本作“爲”。
③ “炎”，原校：儒學本無“炎”字。
④ “闕”，原校：儒學本作“洞”。
⑤ “一”上，原校：抄本有“德裕”二字。“飾”上，原校：儒學本有“之”字。
“耳”，原校：原本叠“耳”字，從儒學本刪。
⑥ “誠”上，原校：儒學本有“記此者”三字。
⑦ “耳”，原校：原本作“者”，從儒學本改。
⑧ “廷對”，原校：二字儒學本作“對廷英”三字。
⑨ “宮”上，原校：儒學本有“朕”字。“所”，原校：原本作“無”，從儒學本、
抄本改。
⑩ “與”，原校：原本無“與”字，從儒學本補。
⑪ “爲”，原校：儒學本無“爲”字。
⑫ 原校：原本有“唐武宗受籙見前卷”八字，另行存目，張本、抄本均無，
從删。

學佛者不知孔子

子讀《僧寶傳》，見南昌潘延之嘗與英邵武同游西山，夜宿雙嶺，因語英曰：“龍潭見天皇時節，宜合孔子。”英曰：“子何以驗之？”曰：“聞龍潭在天皇座下日，久未蒙發藥，一日啓曰：‘弟子服膺師問，非不盡心。卒未聞一言之賜，願丐慈悲。’天皇曰：‘十二時中，何嘗不告汝！汝擎茶來，我爲汝接；汝行食來，並爲汝愛；汝問訊，我舉手。負汝何事？’潭於言下有契。孔子曰：‘二三子以我爲隱乎？吾無隱乎爾，吾無行而不與二三子者！是丘也。豈不然哉！’”英曰：“楚人以山雞爲鳳凰，人以爲笑，不意吾子此論似之。”潘遂休去。予謂學佛者知佛而不知孔子。其以孔子爲山雞，佛爲鳳凰，固無足怪。復讀《萬善同歸論》，見壽禪師云：“孔子、老子皆是菩薩化身。孔子乃儒童菩薩，老子乃迦葉菩薩。”忽念英師所言不覺失笑，因戲語學佛者曰：“奈何反令爾鳳化爲山雞乎？”其人無以應。

佛家悟人①

學道之士，未聞有自儒書入者，或者以爲此治世語言，②非入道溪徑。③ 彼宗門建立，要須一句中具三玄，一玄中具三要，乃能啓悟學者，作將來耳目。④ 予以爲不然。世尊在日，有比丘鈍根，無多聞性。佛令誦苕帚二字。旦夕誦之，⑤言苕則已忘帚，言帚則又忘苕。⑥ 每自剋責，繫念不休。忽一日，能言曰苕帚。於此大悟，得無礙辨才。⑦ 使學者用心，能如誦苕帚。則雖"笑桃縶竹、猪肉滿案"，⑧ 猶可以悟，而況治世語言乎？

讀《楞嚴經》語⑨

子在川上曰："逝者如斯夫，不舍晝夜。"此意甚妙。惜

---

① "佛家悟人"，原校：儒學本作"誦苕帚"。
② "者"，原校：儒學本無"者"字。
③ "入道"，原校：原本"入道"作"道迹"，"溪"字缺，從儒學本改補。
④ "耳目"，原校：二字儒學本作"眼"。
⑤ "旦"，原校：儒學本作"日"。
⑥ "又"，原校：原本作"已"，從諸本改。
⑦ "才"，原校：原本誤作"下中"，從儒學本改。
⑧ "滿案"，原校：二字儒學本作"案頭"。
⑨ "讀楞嚴經語"，原校：儒學本作"孔子説與楞嚴經合"。

夫當時弟子無能發問者，①故未盡夫子之意。②予讀《楞嚴
經》波斯匿王問佛言：“我昔未承諸佛誨敕，見迦旃延、毗
羅胝子。咸言‘此身死後斷滅，名爲涅槃’。我雖值佛，今
猶狐疑，云何發揮，證知此心不生滅地？”佛告：“大王，汝
此肉身，爲同金剛，常住不朽，爲復變壞？”“世尊，③我今
此身終從變滅。我觀現前，念念遷謝，新新不住，如火成灰，
漸漸消殞，決知此身，當從滅盡。”佛言：“汝今生齡已從衰
老，顏貌何如童子之時？”“世尊，④我昔孩孺，⑤膚腠潤澤；
年至長成，血氣充滿；而今頹齡，迫於衰耄，形色枯悴，精
神昏昧，髮白面皺，殆將不久。如何見比充盛之時？”佛言：
“大王，汝之形容，應不頓朽。”王言：“世尊，變化密移，
我誠不覺，寒暑遷流，漸至於此，何以故？我年二十，雖號
年少，顏貌已老，初十歲時，三十之年，又衰二十，於今六
十，又過於二，觀五十時，宛然強壯。世尊，我見密移，雖
此殂落，其間流易，⑥且限十年。若復令我微細思惟，其變寧
惟一紀、二紀？實惟年變；豈惟年變，亦兼月化；何直月化，

① “夫”，原校：儒學本作“乎”。
② “夫”，原校：儒學本作“孔”。
③ “世”上，原校：原本有“王言”二字，從儒學本刪。
④ “世”上，原校：原本有“王言”二字，從儒學本刪。
⑤ “昔”，原校：原本作“背”，從儒學本改。
⑥ “流易”，原校：原本作“變易”，從儒學本改，張本作“易流”。

兼又日遷，沈思諦觀，① 刹那刹那，念念之間，不得停住。故
知我身，終從變滅。"佛告："大王，汝見變滅，遷改不停，悟
知汝滅；亦於滅時，知汝身中，有不滅耶？"波斯匿王合掌白
佛："我實不知。"佛言："我今示汝，不生滅性。大王，汝年
幾時見恒河水？"王言："我生三歲，慈母攜我，謁耆婆天，經
過此流，爾時即知，是恒河水。"佛言："大王，如汝所說，二
十之時，衰於十歲，乃知六十，日月歲時，念念遷變，② 則汝
三歲，見此河時，至年十三，其水云何？"王言："如三歲時，
宛然無異。乃至於今年六十二，亦無有異。"佛言："汝今自傷
髮白面皺，其面必定皺於童年，則汝今時觀此恒河，與昔童時
觀河之見，③ 有童耄不？"王言："不也，世尊。"佛言："大
王，汝面雖皺，而此見精性未嘗皺。皺者爲變，不皺非變，變
者受滅。彼不變者，元無生滅。云何於中，受汝生死？而猶引
彼末伽梨等，④ 都言此身死後全滅？"王聞此言，信知身後，舍
生趣生，得未曾有。予以此語足夫子之意，⑤ 蓋孔子說前段，
佛說後段，合是二說，其意乃全。

----

① "沈"，原校：儒學本作"審"。
② "念念"，原校：二字原本作"年年"，從諸本改。
③ "童"，原校：原本作"同"，從諸本改。
④ "引"，原校：原本誤作"以"，從儒學本改。
⑤ "夫"上，原校：原本有"盡"字，從儒學本刪。

卷之十一

佛氏類

楊次公佛印語①

　　楊次公道號無爲子。一日，見金山佛印禪師，②佛印問其説。次公曰："我生無爲軍，故自稱無爲子。"佛印曰："公若生廬州，則自稱廬子乎?"廬、驢同音。③佛印滑稽如此。近了和尚有弟子，④自言因看庭前柏樹子，話頭有省，遂自號"柏樹"。徑山杲聞之笑曰："使其因悟乾屎橛語，⑤亦自號'乾屎橛'耶?"⑥此尤可笑。

---

　　① "楊次公佛印語"，原校：儒學本作"佛印徑山滑稽"。
　　② "禪"，原校：儒學本無"禪"字。
　　③ "廬驢同音"，原校：四字原本無，從儒學本、抄本補。
　　④ "了"，原校：原本"了"作"佛某"二字，從儒學本改。
　　⑤ "徑山杲聞之笑曰"，原校：七字儒學本作"徑山杲聞而笑之曰"。"其"，原校：儒學本作"渠"。"悟"，原校：原本無"悟"字，從儒學本補。"語"，原校：原本作"話"，從儒學本改。
　　⑥ "橛"，原校：原本無"橛"字，從儒學本補。

李翱學佛

李翱親從韓退之游，而學佛自若也。今之讀韓文者，則皆闢佛老。然公自言籍湜輩屢叛其教，而獨不及翱，此又何也？

李翱問藥山語①

唐人李翱問藥山：②"如何是道？"藥山以手指上下，翱不會。山云：③"雲在天，水在瓶。"予始讀此，而悟《中庸》"'鳶飛戾天，魚躍於淵'，言其上下察"之文。

韓文公參大巔④

韓文公在潮州，與僧大巔往還，⑤今集中有《與大巔書》三首，世以爲非是。予讀《宗門統要》，初憲宗迎佛舍利入

---

① "李翱問藥山語"，原校：儒學本作"李翱問樂山如何是道"。
② "唐人"，原校：二字原本無，從儒學本補。
③ "山"上，原校：疑當有"樂"字。
④ "韓文公參大巔"，原校：儒學本作"韓文公與大巔論佛法"。
⑤ "巔"，原校：原本作"顚"，從儒學本改，下同。

大内供養，夜放光明。早朝宣示，群臣皆賀陛下聖德所感，惟文公不賀。上問：“群臣皆賀，惟卿不賀，何也？”文公奏：“微臣嘗看佛書，見佛光非青、黄、赤、白等相，此是神龍護衛之光。”上問公：“如何是佛光？”文公無對，因以罪謫出。① 至潮州，遇大巔。公問：“和尚春秋多少？”巔乃提起數珠示之，云：“會麼？”公云：“不會。”巔云：“晝夜一百八。”文公歸宅，怏怏而已。夫人問：“侍郎情思不懌，②復有何事？”公遂舉前話。③ 夫人云：“何不進問‘晝夜一百八，意旨如何？’”公明日凌晨晨遂去，纔到門首，乃遇首座。云：④“侍郎入寺何早？”公云：“特去堂頭通話。”座云：“堂頭有何言句開示？”侍郎公舉前話。座云：“侍郎怎生會？”公云：“晝夜一百八，意旨何如？”座乃叩齒三聲。公至堂頭，復進前話：“晝夜一百八，意旨如何？”巔亦叩齒三聲。公云：“信知佛法一般。”⑤ 巔云：“見甚道理，乃云一般？”公云：“適來門首，接見首座，亦復如此。”⑥ 巔遂喚首座：⑦“適來只對侍郎佛法，是否？”座云：“是。”巔遂打首

---

① “謫”，原校：儒學本作“請”。
② “懌”，原校：儒學本作“快”。
③ “公”，原校：原本無“公”字，從儒學本補。
④ “云”，原校：儒學本作“問”。
⑤ “知”，原校：原本作“卻”，從儒學本改。“般”，原校：原本作“同”，從儒學本改。
⑥ “此”，原校：儒學本作“是”。
⑦ “巔”，原校：原本無“巔”字，從儒學本補。

座，趨出院。

文公一日復白大巔曰："弟子軍州事多，佛法省要處，①乞師一句。"巔良久。文公未會。時三平爲侍者，乃敲禪床三聲，②巔云："作麼?"平云："先以定動，然後智拔。"公乃禮謝三平云：③"和尚門風高峻，弟子於侍者邊得個入處。"④觀與大巔往還，事迹如此，今史傳但載公論佛骨，而不知其始對佛光，已自不合上意，其實未知佛法大義。既見巔師，遂有入處。而世復以公《答孟簡書》爲疑，以公與大巔游，是與文暢意義等無異，⑤非信其道也。予謂：巔古尊宿，非二師比，況聞文公論佛骨來，使文公不見則已，見之必有以啓悟公者。今觀大巔與首座侍者三人，⑥互相引發，⑦皆迥絕言議之表，所謂爲上根者，説大乘法，因果報應，文字語言，固不論也。今世所傳《韓退之別傳》，⑧乃一切掎摭《昌黎集》中文義長短以爲問答，如市儈稽較。然彼欲以伸大巔之辨而抑文公，不知公於大巔所以相與開示悟入蓋如此。予欲學者盡見文公始末，故備録於此。雖然《答孟簡書》，公應

① "要"，原校:原本作"要省"，從儒學本改。
② "聲"，原校:儒學本作"下"。
③ "禮"，原校:原本作"領"，從儒學本改。
④ "邊"，原校:儒學本作"還"。
⑤ "義"，原校:儒學本作"縱"。
⑥ "人"下，原校:儒學有"者"字。
⑦ "發"，原校:原本作"法"，從儒學本改。
⑧ "傳"下，原校:儒學本有"者"字。

不妄作，必有能辨之者。①

黄山谷五觀②

山谷嘗約釋氏法，作《士大夫食時五觀》。此亦古人“一飯不忘君，③終食不違仁”之意。近時士大夫，乃多效浮屠家，以鉢盂而食。食時謂之“展鉢”，④無乃好奇之過。

天堂地獄

傅弈與蕭瑀論佛。瑀曰：“地獄正爲是人設耳。”張唐卿著《唐史發潛》，遂曰：“蒼天之上，何人見其有堂？黄泉之下，何人見其有獄？”然予觀《國史補》，李丹云：⑤“天堂無則已，有則賢人生。地獄無則已，有則小人入。”如此則又何必較其有無耶？

---

① “必”上，原校：儒學本有“則”字。
② “黄山谷五觀”，原校：儒學本作“山谷欲仿釋氏獻食”。
③ “亦”，原校：原本無“亦”字，從儒學本補。
④ “食”，原校：原本作“之”，從儒學本改。“展”，原校：原本作“衣”，從儒學本改。
⑤ “丹”，原校：原本誤作“肇”，從儒學本改。案此爲李肇國補引李丹語。

佛老類

韓退之闢佛老①

退之《原道》闢佛老，欲"人其人，火其書，廬其居"。於是儒者咸宗其語。及歐陽公作《本論》，謂："莫若修其本以勝之，又何必人其人，火其書，廬其居也哉?"此論一出，而《原道》之語幾廢。予觀魯直所云:②"毘盧遮那，宮殿樓閣，充遍十方，普入三世，於諸境界，無所分別，彼又安能廬吾居? 有大經卷，量等三千大千世界，藏在一微塵中，彼又安能火吾書? 無我、無人、無佛、無衆生，彼又安能人吾人耶?"然儒者猶云:"我不讀佛書，安用如此語?"達者笑之。③予聞釋氏之論曰:"欲破彼宗，先善彼宗。故佛在世日，西域有三十六種外道，每種各以其藝，咸來難佛。佛固晏然不動聲色，即以彼藝還與之較，皆出其上。於是外道藝窮，乃始歸佛。"④如《寶雲經》所説:"菩薩善解，回轉外道方便。菩薩於外道中化作士、梵志、尼犍，⑤就學經法，

---

① "韓退之闢佛老"，原校:儒學本作"原道闢佛老"。
② "予"上，原校:儒學本有"然"字。
③ "達"，原校:原本"達"字作"由是讀"三字，從儒學本改。
④ "歸"，原校:原本作"揚"，從儒學本改。
⑤ "士"上，原校:案今本《大乘寶雲經》應補"道"字。

精進勇猛，細密威儀，勝彼外道。反則他師，可尊可重。①
知其信已，方貶其道，示其過失。仁者，汝所學道，非爲清
淨，非爲離欲，不能減障。② 從其邪道而回轉，以佛正法而
安立之。"蓋"菩薩善解，回轉外道，方便"如此。今之與
佛老辨者，③ 皆未嘗涉其流者也，乃欲以一己之見，④ 破二世
之宗，譬如與人訟，初不知置詞曲直所在，⑤ 而曰："吾理
勝。"其誰肯信之。是不亦可笑乎?⑥

神仙類

王烈遇石髓⑦

晋人虛無，類多欺誕。予觀王烈入山得石髓，懷以餉嵇
叔夜，⑧ 視之則已爲石矣。然《抱朴子》云："石中黃子，所

---

① 原校:案《寶雲經》作"方能得作外道法師可尋可重"，疑此"反作他師"句
有誤。

② "減"，原校:《寶雲經》作"滅"。

③ "今"上，從"如《寶雲經》所説"到"蓋'菩薩善解，回轉外道，方便'如
此"，原校:以上一百十一字原本無，從儒學本補。

④ "乃"，原校:儒學本作"而"。

⑤ "知"，原校:原本無"知"字，從儒學本補。

⑥ "是不亦可笑乎"，原校:以上六字原本無，從儒學本補。

⑦ "王烈遇石髓"，原校:儒學本無"王烈遇"三字。

⑧ "以"上，原校:儒學本有"之"字。"夜"，原校:原本疊"夜"字，儒學本、
抄本、張本均無，從删。

在有之，近水之山尤多。① 在大石中，② 其石嘗温潤不燥，③
打石見之，赤黄溶溶，如鷄子之在殼者。便飲之，不爾便堅
凝成石也。"據此與王烈所謂石髓何異？恐所得者只是此耳。
按《仙經》神山五百年一開，石髓出，飲之者壽與天地齊。④
故東坡因謂："康使當時杵碎或楷磨食之，⑤ 豈不賢於雲母、
鍾乳輩?"然神仙要有定分，不可力求也。晋人固好奇無實，
而坡復以《仙經》爲信，無乃又一徑庭耶。⑥

韓退之服硫黄⑦

韓退之譏服食必死，而自餌硫黄，親見大巔，而後作
《答孟簡書》，似是無特操者。⑧ 或者戲曰："退之但以立教而
已。"⑨ 可盡信乎?⑩ 此又可笑。

---

① "尤"，原校：原本作"有"，儒學本、抄本均作尤，從改。
② "在"，原校：儒學本作"存"。
③ "温"，原校：原本作"濕"，從儒學本改。
④ "飲"，原校：儒學本作"食"。
⑤ "使"，原校：原本無"使"字，從儒學本補。
⑥ 原校：出沈存中《筆談》，儒學本無此注。
⑦ "韓退之服硫黄"，原校：儒學本作"韓退之似無特操"。
⑧ "是"，原校：原本無"是"字，從儒學本補。
⑨ "以"，原校：原本無"以"字，從儒學本補。
⑩ "乎"，原校：原本作"之"，從儒學本改。

學校類

崇觀太學三舍之弊①

崇、觀三舍，一用王氏之學，及其弊也，文字語言習尚浮虚，千人一律。嘗見人説，當時京師優人有致語云：“伏惟體天法道皇帝，趨時立本相公。惟其所以秀才，和同天人之際，而使之無間者，樂人也。”② 於時觀者莫不絶倒，蓋數語皆當時之弊也。

太學生陳東、歐陽澈、黄作、詹淵

予聞靖康初，金人犯闕。太學陳東伏闕上書，乞斬四凶六賊，乞用李綱。頃刻間，不期而會者數萬人。其後汪伯彦爲相，惡之，東與歐陽澈皆死，論者謂陳東、歐陽澈詐仙得仙，可一笑也。自秦太師死，朝廷擢用湯鵬舉中丞、沈該左相，③ 又起周舍人葵於冗散，除禮部侍郎兼國子祭酒，士子

---

① “崇觀太學三舍之弊”，原校：“崇寧大觀崇宗年號”，儒學本作“三舍文弊”。

② “樂”，原校：原本作“禁”，從儒學本、抄本改。

③ “湯”，原校：原本誤作“楊”，從抄本改，下同。案湯鵬舉《宋史》無傳，見《高宗本紀》。

翕然歸重，又兼權給事中，因有所封駮，湯中丞不喜，遂言罷之，是歲紹興二十六年三月也。於是太學生黃作等三百餘人叩都堂，乞留周祭酒，宰相又惡之，黃作與詹淵並送五百里編管，黃作台州，詹淵池州。論者又謂，昔伊尹負鼎於湯，得爲商相，而和逢堯負鼎於武后，遂流莊州。唐太學生王魯卿、李儆等二百七十詣闕留司業，陽城柳子厚貽書贊美。今黃作、詹淵乞留周祭酒而得編管，則又求死不得死也。於是聞者爲之絶倒。[①]

用人類

堯試鯀爲舜設[②]

堯之試鯀，爲舜設也。按《堯典》言："鯀方命圮族。"而《楚辭》亦云："鯀悻直以亡身。"則其爲人，必剛愎好勝者也。堯將以天下而與之側微之人，[③] 知鯀之剛愎好勝，必有異議。於是舉而試之，俟其久而無功，自當退聽，此堯之意也。夫鯀以九年之久，績用弗成。而舜之試也，三載乃底

---

① 原校：此則爲儒學本所無，疑當在第二卷或第六卷脱頁中。
② "堯試鯀爲舜設"，原校：儒學本作"堯之試鯀"。
③ "側微"，原校：原本作"剛愎"，從諸本改。

可續。蓋不如是則不足以服其心，或謂"當時在廷之臣，[①]未有及鯀者。堯方以洪水爲急，故不得已而試之"。使果堯以洪水爲急，豈得俟九年而不問乎?[②]

設官類

國朝始置通判[③]

國朝始置通判，謂之監州，往往與知州爭權。錢昆少卿家世餘杭。杭人嗜蟹，[④] 嘗求外補，或問："欲何郡?"昆曰："但得有螃蟹，無通判處可矣。"聞者以爲笑。予按《太唐傳》載：元和中，郎吏數人省中飲酒，因話平生愛尚及憎怕者，工部員外郎周愿獨曰:[⑤] "愛宣州觀察使，怕大蟲。"此事殆是一對。[⑥]

---

① "謂"上，原校:儒學本有"者乃"二字。
② "九"上，原校:儒學本有"之"字。
③ "國朝始置通判"，原校:儒學本作"愛螃蟹，怕通判;愛觀察，怕大蟲"。
④ "杭"，原校:原本作"之"，從儒學本改。
⑤ "郎"，原校:原本無"郎"字，從儒學本補。
⑥ "殆是"，原校:二字原本作"始得"，從儒學本改。

立法類

王荆公新法新經①

王荆公免役法②

荆公免役法是分兵民之意也，至今利之。元祐用事之臣，一旦盡廢新法，③而獨於役法數年而不能定。④彼欲盡改荆公所行，非於此獨有惜也。豈亦知其利而强爲是紛紛耶！大抵先王之法，⑤如封建井田、肉刑、民兵非不善也，但法一壞之後，便不可復是，亦有後世難行者耳。⑥《周禮》至穆王時，已自不行，今《吕刑》之書可見已。唐太宗府衛法至德宗時，與李泌議復之，亦不能也，而況後世乎？然迂儒泥古者，至今猶時時論民兵、設差役，⑦不亦謬乎？予以爲今之用事者，倘以生民爲念，當并罷保正副，而專用耆壯，方盡免役之利。

---

① 原校：見第一卷。
② "王荆公免役法"，原校：儒學本作"免役法"。
③ "廢"，原校：儒學本作"變"。
④ "而"，原校：儒學本無"而"字。
⑤ "先"，原校：原本誤作"宜"，從諸本改。
⑥ "是亦有後世難行者耳"，原校：以上九字原本無，從儒學本補。
⑦ "時時"，原校：二字原本作"持之"，從儒學本改。"民兵"，原校：原本作"兵民"，從儒學本改。"設"，原校：原本作"法"，從儒學本改。

卷之十二

人才類

人才有長短①

后山居士言："蘇明允不能詩，歐陽永叔不能賦，曾子固短於韻語，黃魯直短於散語，子瞻詞如詩，少游詩如詞。"此論得今人之短。宋尚書云："老子《道德經》爲至言之宗，屈平《離騷經》爲詞賦之宗，② 司馬遷《史記》爲紀傳之宗，左丘明工言人事，莊周工言天地。"③ 此論得古人之長。雖然，要不可偏廢：論人者無以短而棄長，④ 亦無以長而護短。⑤ 自論則當於長處出奇，短處致功。或問霍王所長於處

---

① "人才有長短"，原校：儒學本作"辨前輩古今人文長短"。
② "經"，原校：儒學本作"賦"。
③ "地"，原校：儒學本無"地"字。
④ "長"上，原校：原本有"其"字。
⑤ "短"上，原校：原本有"其"字。

士劉元平,① 答曰:"無長。" 聞者不解。② 元平曰:"人有短而後見長,③ 若王無所不備,吾何以稱之?" 此語誠是,④ 然此等人難得。

西門豹宋均優劣⑤

西門豹爲鄴令, 投巫嫗、弟子、三老於河, 而吏民不敢復爲河伯娶婦。宋均爲九江太守, 下書令民爲唐后二山娶百姓男女爲公嫗者, 皆娶巫家女,⑥ 於是遂絶。此二人者,⑦ 皆一時詭以濟事。雖若俳諧,⑧ 而實中其病, 故其事遂止。竊謂豹投巫嫗、三老,⑨ 不若均之下書, 不動聲色而自然禁止。均之術當優於豹也。然予觀陳子車死於衛,⑩ 其妻與其家大夫謀以殉葬定, 而後陳子亢至, 以告曰:"夫子之疾,⑪ 莫養

---

① "所",原校:原本無"所"字,從儒學本補。"士",原校:原本作"事",從儒學本改。

② "聞",原校:儒學本作"論"。

③ "長"上,原校:原本有"其"字。

④ "語",原校:原本無"語"字,從儒學本補。

⑤ "西門豹宋均優劣",原校:儒學本作"西門豹投巫嫗,宋均令娶巫女"。

⑥ "女",原校:原本脱"女"字,從諸本補。

⑦ "人",原校:原本作"事",從儒學本改。

⑧ "諧",原校:二字原本作"非優",從儒學本改。

⑨ "竊"上,原校:原本有"然"字,從儒學本删。

⑩ "子"上,原校:原本有"氏"字,從儒學本删。

⑪ "之",原校:案《禮記》無"之"字。

於下，請以殉葬。"子亢曰："以殉葬，非古也。[1] 雖然則彼疾當養者，孰若妻與宰？得已，則吾欲已；不得已，則吾欲以二子者之爲之也。"[2] 於是弗果用。此事與均令娶巫家女事同，[3] 豈均暗合孫吳耶？抑亦盜其故智餘論乎？[4] 予又觀唐玄宗開元六年，[5] 河南參軍鄭銑、朱陽縣丞郭仙舟投匭獻詩。[6] 敕曰："觀其文理，乃崇道法，至於時事，不切事情。" 罷官度爲道士。而蕭瑀好奉佛，太宗亦令出家。[7] 孔武仲曰："如使佞佛者爲僧，諂道者爲道士，則士大夫爲異端者息矣。"[8] 此亦投巫嫗等之遺意。

王沂公李順之優劣

艾慎幾嘗爲予言："咸平中，王沂公狀元及第日，嘗於佛

---

[1] "古"，原校：案《禮記》作"禮"字。

[2] "欲"，原校：原本誤作"故"，從儒學本改。案《禮記》作"欲"；"子"，原校：原本誤作"人"，從儒學本改。案《禮記》作"子"。

[3] 上"事"，原校：儒學本作"正"。"女"，原校：原本無"女"字，從儒學本補。

[4] "盜"，原校：原本作"蹈"，從儒學本改。

[5] "又"，原校：原本無"又"字，從儒學本補。"玄"，原校：原本誤作"太"字，從諸本改。

[6] "銑"，原校：原本誤作"說"，儒學本同，宋本、通鑑作"銑"，據正。

[7] "太宗"，原校：二字原本無，從儒學本補。

[8] "端"，原校：原本作"論"，從儒學本改。

寺供僧一年，① 人以爲難。近逮建炎初，② 李順之廷對第一，
以當離亂之後，③ 亦於揚州僧寺特施錢二緡，④ 轉大輪藏，欲
爲陣亡戰士追福。由是聞者笑之，謂其所欲者奢也。"予謂李
公平生滑稽玩侮，無所不至，乃欲以二千錢爲陣亡追福，⑤
便可想見其爲人。然王李優劣，於是可見。

人事類

竇灌、田蚡罵坐⑥

讀《竇灌田蚡傳》，想其使酒罵坐，口語歷歷如在目前，
便是靈山一會，儼然未散。

鍾會鍛王徽之觀竹

吾嘗語吾兄子丞："昔嵇康與向秀，共鍛於大樹下。鍾會
往造焉，康不爲理，而鍛不輟。良久，會去。康曰：'何所聞

---

① "供"上，儒學本有"中"字。
② "逮"，原校：儒學本無"逮"字。
③ "當"，原校：原本作"爲"，從儒學本改。
④ "特施錢二緡"，原校：儒學本作"特施財一緡"。
⑤ "追"，原校：諸本作"之"字。
⑥ "竇灌田蚡罵坐"，原校：儒學本作"讀竇灌田蚡傳"。

而來？何所見而去？'又王徽之聞吳中士大夫家有竹，欲往觀之。便出坐輿造竹下，諷笑良久。主人灑掃請坐，徽之不顧，將出，主人乃閉門。徽之便以此賞之，盡歡而去。此兩人者便是會禪矣。"子丞喜談禪，故以此戲之。子丞徐曰："'原壤夷俟'，孔子以杖叩其脛，此杖豈非是德山棒乎？"予遂把一界云，是孔子杖，是德山棒。

東坡行腳僧①

東坡嘗言："見今正是行腳僧，②但吃些酒肉耳。"予謂坡不獨是行腳僧，乃苦行僧也。坡蓋自謫黃州後，便見學道工夫。晚年筆墨，挾海上風濤之氣，益窮益工，此則苦行僧又不是也。③

徐邈中聖人

魏武帝方禁酒，而徐邈私飲，至於沉醉。從事趙逢問以曹事，邈曰："中聖人。"逢白之武帝。帝怒。將軍鮮於輔進曰："平日酒客，謂清者爲聖人，濁者爲賢人。邈性修慎，偶

---

① "東坡行腳僧"，原校：儒學本作"東坡不獨是行腳僧，乃苦行僧"。
② "正是"，原校：二字原本無，從儒學本補。
③ "此"，原校：原本無"此"字，從儒學本補。

醉言耳。"① 邈遂得免。郭彰截君角、徐邈中聖人，可並案也。

山谷言士大夫不可俗②

山谷嘗言："士大夫處世，可以百爲，惟不可俗。俗便不可醫也。"或問不俗之狀，曰："難言也。平居無以異於俗人，臨大節而不可奪，③ 此不俗人也；平居終日如含瓦石，臨事一籌不畫，此俗人也。雖使郭林宗、山巨源復生，不易吾言也。"予謂山谷言固佳，④ 要未盡俗人之狀。何謂俗人之狀，⑤ 曰："平日無佳論，而臨事好造作，此俗人也；平居妄自尊大，而臨事不知體，此俗人也。"雖使山谷復生，亦不易吾言也。

① "醉"，原校：原本作"飲"，從抄本改。
② "山谷言士大夫不可俗"，原校：儒學本作"論俗人之俗"。
③ "奪"，原校：原本有"也"字，從儒學本刪。
④ "山"，原校：儒學本無"山"字。
⑤ "何謂俗人之狀"，原校：六字原本無，從儒學本補。

事機類

漢楚得失之機①

漢高帝嘗與諸將論漢所以得天下,②與項羽所以失天下。自謂能用三傑,③而項羽不能用范增,故得失異。以予考之,亦在得機失機之間而已。④漢之初王南鄭也,因思歸之士,⑤聽韓信計,決策東向,⑥此一機也,及割鴻溝,漢王欲西歸,聽良、平諫,因楚兵罷食盡而取之,此二機也。惟此二機不失,所以得天下。彼項王不入關,而北救趙,初失一機。故漢得以入秦,⑦及項王聞漢已並關中,大怒,信張良遺書,以故無西意而北擊齊,又失一機。故漢得以入彭城,自此與漢相持滎陽、成皋、廣武間,⑧勝負雖足相當,而漢終斃項羽垓下。⑨蓋其得失之機已判久矣。就使項王能用范增,亦

---

① "漢楚得失之機",原校:儒學本作"漢高祖項羽機會得失"。
② "嘗",原校:原本無"嘗"字,從儒學本補。
③ "自"上,原校:儒學本有"帝"字。
④ "之間而已",原校:四字原本無,但作"耳"字,從儒學本補。
⑤ "因思歸",原校:三字原本作"思忠徇",從儒學本改,抄本無"因"字。
⑥ "東",原校:原本作"南",從儒學本改。
⑦ "得"上,原校:儒學本有"王"字。
⑧ "滎陽",原校:二字原本無,從儒學本補。
⑨ "斃",原校:儒學本作"圍",無"項"字。

不過勸羽殺漢王而已，何益於勝負之計乎？①

功過類

柳子厚功過②

予讀柳子厚《伊尹五就桀贊》，未嘗不憐其志也。伾、叔文雖小人，而子厚欲因以行道，故以就桀自比，此其本心也。③然學者至今罪之。按《順宗實錄》，帝自初即位，則疾患不能言，天下事皆專斷於叔文。④而李忠言、王伾爲之内主，韋執誼行之於外。又云：伾主往來傳授，劉禹錫、陳諫、韓曄、韓泰、柳宗元、房啓、凌準等主謀議唱和，⑤采聽外事，此其朋黨之迹也。其專權竊柄，誠爲可罪。然予觀順宗即位未幾，而首貶李實，次罷宮市，次禁毋令寺觀選買乳母，次禁五坊小兒張捕鳥雀，⑥横暴閭里，次停鹽鐵使進獻，次出後宮三百人，次用姜公輔、蘇弁爲判史，追陸贄、鄭餘慶、韓皋、陽城赴京

---

① “勝負”，原校：二字儒學本作“成敗”。
② “柳子厚功過”，原校：儒學本作“柳子厚罪在朋黨，然有功不可掩”。
③ “此其本心也”，原校：五字原本無，從儒學本補。
④ “專”，原校：原本無“專”字，從儒學本補。
⑤ “韓曄”，原校：儒學本無“韓曄”二字。
⑥ “坊”，原校：原本作“方”，從儒學本改，案通鑑作“坊”。

師，① 次出後宮並教坊女妓六百人，次罷閩中萬安監。② 不數月間，行此數事，③ 人情大悅。雖王政何以加此，豈非子厚等爲之歟？而世不之察，④ 徒罪其朋黨，則亦見其不恕矣。《春秋》之法，不以功掩過，亦不以眚廢德。責備而言，則子厚之罪，在於附小人以求進。若察其用心，則尚在可恕之域，況一時之善有不可掩者乎？蘇子由著《歷代論》，⑤ 以牛僧孺與李德裕俱爲當世偉人，⑥ 而馮道得爲盛德。其論甚恕。獨念子厚之賢，未有爲之湔滌者。⑦ 予故表而出之，以告後世君子。⑧

劉道原能自攻其過⑨

予嘗愛劉道原能自攻其過云：“平生二十失：佻易卞急，⑩ 遇事輒發；狷介剛直，忿不思難；況古非今，不達時

---

① “追”，原校：原本作“道”，從諸本改，案通鑑作“追”。“贄”，原校：原本作“箕”，從儒學本、抄本改。案通鑑作“贄”。

② “次”，原校：原本作“繼”，從儒學本改。“閩”，原校：原本作“閑”，從儒學本、抄本改。

③ “事”上，原校：儒學本有“十”字。

④ “之”，原校：原本作“知”，從儒學本改。

⑤ “歷”，原校：原本作“唐”，從儒學本改。

⑥ “德”，原校：原本脫“德”字，從諸本補。

⑦ “湔”，原校：原本無“湔”字，從儒學本補。

⑧ “以告後世君子”，原校：六字原本無，從儒學本補。

⑨ “劉道原能自攻其過”，原校：儒學本作“二十失，十八蔽，三十六善”。

⑩ “卞”，原校：原本作“辨”，從儒學本、抄本改，下同。

變；凝滯少斷，勞而無功；妄自標置，① 擬倫勝己；疾惡太甚，不恤怨怒；事上易簡，② 遇下苛察；直語自信，不遠嫌疑；執守小節，堅確不移；求備於人，不恤咎怨；③ 多言不中節，高談無畔岸；臧否品藻，不掩人過惡；立事隨衆，好更革；應事，不揣己度德，過望無紀；交淺言深，戲謔不知止；任推不避禍，議論多譏刺；臨事無機械，④ 行止無規矩；人不忤己，而隨衆毀譽；事非憂慮，而憂患太過；⑤ 以君子行義，責望小人。"此二十失者，予亦有之。其最甚者：佻易卞急，遇事輒發；狷介剛直，忿不思難；凝滯少斷，勞而無功；疾惡太甚，不恤怨怒；直語自信，不遠嫌疑；求備於人，不恤怨咎；臧否品藻，不掩人過；交淺言深，戲謔不知止；臨事無機械，行止無規矩；人不忤己，而隨衆毀譽；以君子行義，責望小人。"⑥ 道原又云："有十八蔽：言大而智小，好謀而疏闊，劇談而不辯，慎密而漏言，尚風義而齷齪，樂善而不能行，與人和而好異議，不畏強禦而無勇，不貪權利而好躁進，儉嗇而徒費，欲速而遲鈍，識暗强料事，非法家而深刻，樂放縱而拘小禮，樂易而多憂，好動而惡靜，多思

---

① "置"，原校：原本作"致"，從儒學本、抄本改。
② "易"，原校：儒學本作"方"。
③ "咎"，原校：原本作"舊"，從儒學本改。
④ "臨"，原校：原本作"論"，從儒學本改。
⑤ "事非憂慮而憂患太過"，原校：以上九字儒學本無。
⑥ 原校：以上一百六字儒學本無。

而處事乖忤，多疑而數爲人所欺。”此十八蔽者，予亦有之。其中有可自恕者：智小而未嘗大言，①疏闊而實無謀，賓客滿座而不喜談辨，與人寡合而未嘗異議，遇喜而不自樂，多難而不憂，率爾動靜而未嘗有意，以無思故處事多忤，以無疑故數爲人所欺。②其最可自責者，尚風義而齟齬，不畏強禦而無勇，儉嗇而徒費，欲速而遲鈍。予每以此自攻其過，亦如道原遇事，未嘗不悔。既悔復然，亦不知其所以然也。

吳處厚論相法③

予又嘗愛吳處厚能論相云：“心相有三十六善。夫人嘗言：意氣求官，自須如此，④一也。有剛有柔，二也。慕善近君子，三也。有美食分人，四也。不近小人，五也。常行陰德，事方便，⑤六也。能治家，七也。不厭人乞覓，八也。利人克己，九也。不逐惡貪殺，十也。聞事不驚張，十一也。與人期不失信，十二也。不改行易操，十三也。夜臥不便睡著，十四也。馬上去不回頭，⑥十五也。人不憎怒，十六也。

---

① “未嘗”，原校：二字原本作“言”，從儒學本改。
② “數爲”，原校：二字儒學本作“數”。
③ 原校：儒學本此條與前條連接爲一條。
④ “須”，原校：原本無“須”字，從儒學本補。
⑤ “行陰德事方便”，原校：儒學本作“行當陰德每事方便”。
⑥ “頭”，原校：儒學本作“顧”。

不文過飾非，十七也。作事周匝，十八也。不忘人恩，十九
也。有大量，二十也。不毀善害惡，二十一也。濟急難，二
十二也。不助強欺弱，二十三也。不忘故舊，二十四也。爲
事衆人用之，① 二十五也。不多言妄語，二十六也。得人物
每生慚愧，② 二十七也。語有叙，二十八也。當人語次不先
起，二十九也。常言善事，三十也。不嫌惡衣食，③ 三十一
也。方圓隨時，三十二也。行善不倦，三十三也。知人饑渴
勞苦，三十四也。不念舊惡，三十五也。竭力救難，三十六
也。三十六善全者，位極人臣，壽考令終;④ 不全，則福禍
相半。⑤ 具二十者，刺史之位。具十以上者，令佐之官。具
五者，亦須大富。"此三十六善者，予不敢謂全有，亦不敢謂
全無。有之固非難事，無之實爲累德。予故嘗以前二十失、
十八蔽自攻其過，⑥ 以後三十六善自飾其躬。⑦

---

① "事"，原校:儒學本作"人"。
② "生"，原校:原本作"事"，從儒學本、抄本改。
③ "食"上，原校:儒學本有"惡"字。
④ "令"，原校:原本作"永"，從儒學本改。
⑤ "半"，原校:儒學本作"折"。
⑥ "前"，原校:原本無"前"字，從儒學本補。
⑦ "躬"，原校:原本作"明"，從儒學本改。

卷之十三

見識類

孔子登東山、泰山①

“孔子登東山而小魯，登泰山而小天下”，所登愈高，所見愈大。天下之理固是如此。② 雖然孔子豈但登泰山而後知天下之小哉？此孟子所以有感於是也。東坡嘗用其意作《廬山詩》曰：“横看成嶺側成峰，遠近看山總不同。不識廬山真面目，只因身在此山中。”③ 知此則知孔子登山之意矣。④ 無爲楊次公奉使登泰山絶頂：“雞一鳴，見日出。”由是而言，則世之不見日者尚多也。

---

① “孔子登東山泰山”，原校：儒學本作“因登山而感所見”。
② “是”，原校：儒學本作“自”。
③ “因”，原校：儒學本作“緣”。
④ “山”上，原校：原本有“攀”字，從儒學本删。

周公、晋惠帝語①

周公作《無逸》曰："先知稼穡之艱難，則知小人之依。"此古今天下一人也。晋惠帝问饑民曰："何不食肉糜?"此亦古今天下一人也。

陶淵明不見督郵②

陶淵明爲彭澤令，郡遣督郵至，吏白"應束帶見之"，淵明曰："安能爲五斗米，折腰見鄉里小兒?"即日解印綬去。近歐陽公方與客披襟酣飲次，忽外白"有客"，公遽著帽見之。坐客曰："何不呼使入來?"③ 公曰："此俗人也，不可以吾輩之禮待之。"④ 世多怪二公之賢，而用處相反如此。予謂淵明不肯束帶見鄉里小兒，所謂"眼不著砂"；歐公必須著帽見俗人，⑤ 乃是"泥亦有刺"。

---

① "周公晋惠帝語"，原校：儒學本作"古今天下一人"。
② "陶淵明不見督郵"，原校：儒學本作"淵明不肯束帶見小兒歐公必著帽見俗人"。
③ "使"，原校：原本無"使"字，從儒學本補。
④ "之"，原校：原本無"之"字，從儒學本改。
⑤ "須"，原校：原本無"須"字，從儒學本補。

北人不識梅，南人不識雪

　　北人不識梅，南人不識雪，蓋梅至北方則變而成杏。今江、湖二浙，四、五月之間，① 梅欲黃而雨，謂之梅雨。轉淮而北則否，亦地氣然也。語曰：「南人不識雪，向道似楊花。」然南方楊實無花，以此知北人不但不識梅，而且無梅；南人不但不識雪，則亦不識楊花矣。予聞關中人不識螃蟹，人有得一乾螃蟹者，或病，則挂之門，其病遂愈。沈存中曰：「不但人不識，鬼亦不識也。」②

天下無定境亦無定見③

　　天下無定境，亦無定見。喜怒哀樂，愛惡取舍，山河大地，皆從此心生。此心在焉，則菅蒯不可以代匱，④ 糟糠不可以下堂，⑤ 是未嘗有正色也。心不在焉，則鼓吹不及池蛙，絲竹不如山鳥，是未嘗有正聲也。舌欲縶味也，而世有飱痂

---

① “之”，原校：原本“之”字在“江湖”上，從儒學本改。
② “也”下，原校：儒學本有“此又可笑”四字。
③ “天下無定境亦無定見”，原校：儒學本作“心無定見故無定論”。
④ “不”，原校：儒學本無“不”字。
⑤ “可”，原校：儒學本無“可”字。

之士；鼻欲蒸香也。而海上有逐臭之夫。天下之事如此多矣。① 杜子美曰："感時花濺淚，恨別鳥驚心。"至於《悶》詩則曰："出門唯白水，隱几亦青山。"山水花鳥，此平時可喜之物，而子美於此恨悶中，惟恐見之。蓋此心未淨，② 則平時可喜者，適足以與詩人才子作愁具耳，③ 是則果有定見乎？論者多怪孟東野方嘆出門之礙，而復誇馬蹄之疾，以爲唐詩人多不聞道。此無他，心見不同耳，④ 故釋氏之論曰："心淨則佛土皆淨。"信矣。

權變類

周公處人臣之變⑤

伊尹、周公處人臣之變，是人臣之大不幸者也。而後世據功名之地者，⑥ 必欲人以伊周譽己，⑦ 是霍光之罪也。夫伊尹之於太甲，周公之於成王，非昏上幼主，不爲是也。而武

---

① "之"，原校：儒學本無"之"字；"此"，原校：儒學本作"是"。
② "淨"，原校：原本作"靜"，從儒學本改。
③ "具"，原校：原本無"具"字，從儒學本補。
④ "見"，原校：原本作"尚"，從儒學本改。
⑤ "周公處人臣之變"，原校：儒學本"周公"作"伊周變作幸"。
⑥ "地"上，原校：原本有"天子"，從諸本删。
⑦ "必"上，原校：儒學本有"則"字。"譽"，原校：原本作"處"，從儒學本改。

帝以昭帝幼，故畫《周公負成王朝諸侯》以賜光，光後欲廢
昌邑王，問："古嘗有此否？" 田延年舉伊尹廢太甲事，曰：
"公能行此，亦漢之伊尹也。" 然光忠臣也，當廢立之際，可
以無失節。其後王莽因此竊伊尹之名，[①] 以欺孤兒寡婦，遂
盜漢室。曹操、司馬懿之徒，[②] 欲奪人之國者，亦皆以伊周
自處。[③] 此豈非霍光有以啓之歟？然莽輩不足道也，[④] 而光亦
竟以此滅族，[⑤] 又何伊周之不幸也。唐劉洎欲輔少主，行伊
霍事，語未可知，而褚遂良證之，亦竟誅死。伊周豈易爲者
哉？[⑥] 雖然，[⑦] 此數人者，皆處昏上幼主之間，故得以藉口，
若當聖明之代，[⑧] 上非昏，主非幼，而一時嘗糞舐痔之徒，
皆曰是伊周也，[⑨] 而居之不疑，不知其志將何所冀耶？[⑩] 而得
全首領以沒，豈非幸哉。然岐下猪肉，亦且敗矣，故凡世之
言伊周者，[⑪] 吾率更之曰："周孔庶幾爲萬世奸臣賊子

---

① "尹"，原校：儒學本作"周"。
② "曹"上，原校：儒學本有"而"字。
③ "亦"，原校：儒學本無"亦"字。
④ "也"，原校：原本無"也"字，從儒學本補。
⑤ "亦"，原校：儒學本無"亦"字，從儒學本補。"此"，原校：原本無"此"字，從儒學本補。
⑥ "者"，原校：原本無"者"字，從儒學本補。
⑦ "然"，原校：原本無"然"字，從儒學本補。
⑧ "當"上，原校：原本有"乃"字。
⑨ "也"，原校：原本無"也"字，從儒學本補。
⑩ "志"，原校：儒學本作"末"。
⑪ "者"，原校：原本無"者"字，從儒學本補。

之戒。"①

段太尉倒用司農印追賊②

　　段太尉倒用司農印，以追賊將韓旻，旻得符印遂還。③ 此太尉一時權以濟事也。然予在鎮江，嘗見林倅云："今所在州縣，④ 獄中或走失罪人，⑤ 但倒用印，印所追捕文書，賊可必得。"不知古人還用此法，或偶合耶？予又觀《抱朴子》曰："古人入山，皆佩黄神越章之印。行見新虎迹，以順印印之，虎即去；以逆印印之，虎即還。"此亦倒用印法也，但未知其説。

知己類

歐公收東坡，東坡收秦黄⑥

　　歐陽公不得不收東坡，所謂"老夫當避路，放他出一頭

----

① "之"，原校：儒學本無"之"字。
② "段太尉倒用司農印追賊"，原校：儒學本作"倒用印法"。
③ "旻"，原校：原本作"捉"，從儒學本、抄本改。"印"，原校：儒學本無"印"字。
④ "所"，原校：原本無"所"字，從儒學本補。
⑤ "失"，原校：原本作"去"，從儒學本改。
⑥ "歐公收東坡東坡收秦黄"，原校：儒學本作"前輩文人相獎惜"。

地"者，其實掩抑渠不得也。① 東坡亦不得不收秦少游、黃魯直輩，少游歌詞當在坡上，② 少游不遇東坡，當能自立，③ 必不在人下也。然提奬大成就，④ 坡力爲多。

結交類

艾慎幾傾蓋交

予嘗造故人林邦翰於東坡酒庫，因與儀真、艾慎幾邂逅，遂爲傾蓋之交，時乙丑三月也。予以再不利去官，而二公者亦倒，獲譴於簿書，皆宜有不遇之嘆。然當此時，都人士女，方幸一時之無事，日日出游湖上，而予乃日陪二公坐酒局中，清談終日，語不及榮利。視其貌皆不足之色，其迂如此。一日，邦翰自城中歸，語予曰："錢塘門外，真如錦綉矣。"予次日復爲艾丈言之，坐間相與嘆息。予因咏萊公句曰："野水無人渡，孤舟盡日橫。"遂不覺相視而笑。⑤

---

① 原校：原本以下另行起，從儒學本接合，抄本分"歐陽公收東坡"爲一則，"東坡收秦黃"又爲一則。

② "坡"上，原校：儒學本有"東"字。

③ "能"，原校：原本作"絕"，從儒學本改。

④ "大"，原校：儒學本無"大"字。

⑤ 原校：此條儒學本祇賸一行萊公句，以上均脱，與詩有四雨句條梨花一枝春帶雨相接，中間遺脱一葉。

朋黨類

牛僧孺、李德裕之黨①

唐人指牛僧孺、李德裕之黨，謂牛李之黨。②《新唐書》乃嫁其名於李宗閔，曰："人指爲'牛李'非盜謂何?"③ 雖欲爲德裕諱，然非其實矣。德裕在海南，作《窮愁志》，論《周秦行記》，謂僧孺有不臣之志，且以"兩角犢子自顛狂"爲牛氏之讖，④ 不知"兩角犢子"自全忠姓也。⑤ 德裕信賢，要與僧孺立敵，⑥ 議論偏異，多如此類。悻悻之氣，至老不衰，謂非黨得乎！

---

① "牛僧孺李德裕之黨"，原校：儒學本作"辨牛李之黨"。

② "謂"，原校：抄本作"爲"。"牛李之黨"，原校：儒學本作"唐人指牛李之黨謂牛僧孺、李德裕也"。

③ "曰"，原校：原本無"曰"字，從儒學本補。"爲"，原校：原本衍"爲"字，從儒學本刪，案《新唐書》傳贊無"爲"字。

④ "兩"上，原校：原本有"爲"字，從儒學本刪。"讖"，原校：原本作"譏"，從儒學本改。

⑤ "自"，原校：抄本作"朱"。

⑥ "要"，原校：儒學本作"爲"。

忠義類

張巡、許遠、劉昌守城①

張巡、許遠之守睢陽也，②被圍久。初，殺馬食，既盡，而及婦人老弱，凡食三萬口。城破，遺民只四百而已。每讀至此，未嘗不壯其志，憐其忠義，而復爲睢陽之民嘆其無辜也。《孟子》曰："君子不以其所養人者害人。"故太王去邠，"梁惠王以其所不愛及其所愛"，"以土地之故，糜爛其民而戰之大敗"。孟子曰："不仁哉，梁惠王也。"是二者孟子之意，皆欲其輕土地而重民命也。巡、遠雖忠義，乃能以三萬口而博一城，城終不可守，③其得爲仁乎？當時議者已謂，巡始守睢陽，④衆六萬，既糧盡，不持滿按隊出再生之路，⑤與夫食人，寧若全人？於是張澹、李紓、董南史、張建封、樊晃、朱巨川、李翰咸謂：巡蔽遮江淮，⑥沮賊勢，天下不

---

① "張巡許遠劉昌守城"，原校：儒學本作"張巡殺愛妾，劉昌斬孤甥"。
② "也"，原校：原本無"也"字，從儒學本補。
③ "城"，原校：原本誤作"之"，從儒學本改。
④ "始"，原校：原本作"遍"，從儒學本改。
⑤ "持"，原校：原本誤作"特"，從諸本改。
⑥ "晃"，原校：原本作"冕"，從儒學本改。"朱"，原校：原本作"李"，從儒學本改。"咸"，原校：原本誤作"成"，從儒學本改、抄本改。

亡,① 其功也，而韓愈亦云云："信如此，則雖失三萬口,②
而不亡天下。蓋以利易害，以功償過，可也。"巡嘗出愛妾，
曰："諸公經年乏食,③ 而志義不少衰,④ 吾恨不割己肉以啗
衆,⑤ 寧惜一妾而坐觀士飢?"乃殺以大饗，坐者皆泣,⑥ 巡
強令食之。遠亦殺僮奴以哺卒。⑦ 夫巡不惜愛妾,⑧ 而何有於
三萬口?⑨ 故至今天下無異論，然予觀杜牧稱：寧陵之圍解，
劉元佐召劉昌問曰："君以孤城用一當十，何以能守?"昌泣
曰："昌令守陴內顧者斬,⑩ 昌孤甥張俊守西北，未嘗內顧，
捽下斬之，士有死志故能守。"因伏地流涕。⑪ 元佐亦泣曰：
"國家將富貴汝。"而唐史臣謂不然，曰："勒兵乘城與賊抗，
所賴惟賞罰耳。無罪而斬其甥，士心皆離，不祥莫大焉。"杜
牧以爲巡、遠陷睢陽而其名傳，昌全寧陵而事不得暴於世,⑫

---

① 原校：案自"巡始守睢陽"起至此全引《新唐書》。儒學本與《新唐書》悉
符，原本多誤字。
② "失"，原校：儒學本作"食"。
③ "乏"，原校：原本作"不"，從儒學本改。
④ "志"，原校：原本作"終"。
⑤ "己肉"，原校：二字儒學本作"肌"。
⑥ "皆"，原校：儒學本無"皆"字。
⑦ 原校：原本作"遠亦殺盡雙口哺吏"，從儒學本改。
⑧ "夫"，原校：原本無"夫"字，疑上云"卒吏"，"吏"字即由"夫"字形誤，從
儒學本補。
⑨ "而"，原校：儒學本作"其"。"三"，原校：原本誤作"二"，從諸本改。。
⑩ "令"，原校：原本作"今"，從儒學本改，案《新唐書》作"令"。
⑪ "因伏地流涕"，原校：五字原本無，從儒學本補，案《新唐書》有此句。
⑫ "全"，原校：原本誤作"令"，從儒學本改。

寧牧未之思耶？① 予竊謂史臣誤矣，食愛妾與斬孤甥何異？
不聞當時士有離心，何也？何史臣詳於劉昌而略於巡、遠乎？
然則爲巡、遠計者，將全三萬口，不陷睢陽，則將奈何？曰：
"睢陽不可全也。"睢陽不可全，孰若焚積聚，與士卒老弱俱
奔而遺以空城？賊雖得之，勢必不能守，賊雖南去，而吾哀
合遺卒，② 可以復奮，則是梗其歸路也。賊不亡何待？不然，
則城終不可全，而吾民先盡矣。此吾所以重爲三萬民命，惜
其無辜也。③

奸佞類

李林甫以計陷數人④

李林甫只以一計前後陷數人，人皆不悟。李適之與林甫
不協，林甫即好謂適之曰："華山生金，采之可以富國，⑤ 顧
上未之知。"適之性疏，信其言。它日從容謂帝道之。帝喜，

---

① "之"，原校：原本作"之"，未從儒學本改，案《新唐書》作"未之"。
② "吾哀"，原校：二字原本但一"哀"字，從儒學本補，張本"吾"作"東"。
③ 原校：抄本有"余謂：此論雖是，然天子委臣守城令，乃望風奔潰。吾未知
賊果不乘勝長驅而前乎？哀合遺卒梗其歸路。恐未必能如是也"四十七字自是後
人所加，批注非原書所有。
④ "以"，原校：儒學本"以"作"一"。
⑤ "之"，原校：原本無"之"字，從儒學本補。

以問林甫，① 對曰："臣知之舊矣，顧華山本命王氣之會，②不可以穿治，故不敢以聞。"帝以林甫爲愛己，而薄適之不親。嚴挺之徙絳州刺史，天寶初，帝顧林甫曰："嚴挺之安在？此其才可用。"林甫退，召其弟損之，與道舊，諄諄款曲，且許美官。因曰："天子視絳州厚，要當以事自解，歸得見上，且大用。"因紿挺之使稱疾，③ 願就醫京師。林甫已得奏，即言："挺之春秋高有疾，幸閒官得養。"④ 帝恨吒久之，⑤ 乃以爲員外詹事，詔歸東都，挺之鬱鬱成疾。帝嘗大陳樂勤政樓，既罷，兵部侍郎盧絢按轡絕道去，⑥ 帝愛其蘊藉，稱美之。明日，林甫召絢子曰："尊府素望，上欲任以交廣，若憚行，且當請老。"絢懼，⑦ 從之，因出爲華州刺史，絢由是廢。此三人者皆在林甫掌股中，爲所玩弄而不知也，信奸人之雄乎！然以予觀之，使適之不貪富貴之謀，挺之不起大用之念，盧絢不憚交廣之遠，⑧ 則林甫雖狡，亦安用其計？而三人者在其術中竟以取敗，悲夫。⑨

---

① "以"，原校：儒學本作"比"。

② "顧"，原校：原本作"原"，從儒學本改。"會"，原校：儒學本"會"作"所舍"二字。

③ "因"，原校：原本無"因"字。

④ "養"上，原校：儒學本有"自"字。

⑤ "吒"，原校：原本作"叱"，從諸本改。

⑥ "盧"，原校：原本作"羅"，從儒學本改。

⑦ "懼"，原校：原本作"俱"，從儒學本改。

⑧ "遠"，原校：儒學本作"行"。

⑨ 原校："則林甫雖狡"至末，儒學本作"林甫雖奸計何施乎？"

女子、小人爲難養[1]

孔子以女子小人爲難養也，曰："近之則不遜，遠之則怨。"此固中材庸主之所無可奈何者，[2] 然彼小人女子亦自有固寵之術。余讀漢唐書，得二事可以爲世鑑。孝武李夫人病篤，上自臨候之，夫人蒙被謝曰："妾久寢病，形貌毀壞，不可以見帝。願以王及兄弟爲托。"上曰："夫人病甚，殆將不起，一見我，[3] 將加賜千金，與兄弟尊官。"夫人曰："尊官在帝，不在一見。"上復言必欲見之，[4] 夫人遂轉嚮，[5] 歔欷不復言。於是上不悦而起。夫人姊妹讓之，夫人曰："所不欲見帝者，乃以深托兄弟也。我以容貌之好，得由微賤，愛幸於上。夫以色事人者，色衰則愛弛，愛弛則恩絶。上所以戀戀顧我者，乃以平生容貌也，今見我毀壞，顏色非故，必畏惡吐棄我，意尚復肯追思憫録其兄弟哉！"及卒，帝竟思念不已。

---

① "女子小人爲難養"，原校：儒學本作"女子小人自有固寵之術"。

② "庸"，原校：原本作"之"，從儒學本改。"無"，原校：原本作"不"，從儒學本改。

③ "一"上，原校：原本有"弟"字，從儒學本刪。

④ "言"，原校：原本無"言"字，從儒學本改。

⑤ "嚮"，原校：原本無"嚮"字，從儒學本改，案《漢書》作"鄉"。

仇士良之老，中人舉送還第，① 謝曰："諸君善事天子，②能聽老夫語乎？"衆唯唯。士良曰："天子不可令閒暇，閒暇必觀書，③ 見儒臣，則又納諫，智慮深遠，④ 減玩好，省游幸，若屬恩且薄而權輕矣，⑤ 爲諸君計，莫若殖財貨，盛鷹馬，日以毬獵聲色蠱其心，極侈靡，使悦不知息，⑥ 則必斥經術，閣外事，萬幾在我，恩澤權力欲焉往哉？"衆載拜。即此觀之，可謂賊雖小人，智過君子。然孔子但言其難養，而不言所以處之之術，何也？

人趨炎附勢⑦

熙寧初，⑧ 王荆公用事，一時字多以甫，押字多以圈。時語云："表德皆連甫，花書盡帶圈。"當其盛時誰不畏愛？唐令狐綯當國日，以姓氏少，⑨ 族人有投名者不吝。由是遠近皆趨，至有姓狐冒令者，溫庭筠戲曰："自從元老登庸後，

---

① "中"，原校：原本作"衆"，從儒學本改，案《新唐書》作"中"。
② "諸"，原校：原本作"謝"，從諸本改，案《新唐書》作"諸"。
③ "閒"，原校：《新唐書》少一"閒"字。
④ "智慮深遠"，原校：《新唐書》作"智深慮遠"。
⑤ "若"，原校：《新唐書》作"吾"。
⑥ "悦"，原校：原本作"晚"，從儒學本改，案《新唐書》作"悦"。
⑦ "人趨炎附勢"，原校：儒學本作"趨炎附勢自古而然"。
⑧ "初"，原校：原本作"間"，從諸本改。
⑨ "少"，原校：原本作"公"，從儒學本改。

天下諸狐盡帶令。"趨炎附勢，蓋自古而然耳。① 自非盛德而居大位者，其不擅權以欺主，② 則必護短以立威。③ 此亦小人常態，④ 於今何足怪云。⑤

戲謔類

人比犬，僧似鱉⑥

歐公言："《漢人碑》云，鷹擊盧搏，是以人比犬也。"⑦ 山谷言："徐浩詩云，法師多壞能，能，三足鱉也。"⑧ 乃是僧似鱉耳。人比犬，僧似鱉，正好一封。

---

① "趨炎附勢，蓋自古而然耳"，原校：儒學作"蓋趨炎附勢，自古然矣"。
② "欺"，原校：原本作"敗"，從儒學本改。
③ "以"，原校：儒學本作"以"。
④ "亦"，原校：儒學本無"亦"字。
⑤ "今"，原校：原本作"此"，從儒學本、抄本改。
⑥ "人比犬，僧似鱉"，原校：儒學本作"人比狗，僧似鱉，好一對"。
⑦ "犬"，原校：儒學本作"狗"，下同。
⑧ "能，三足鱉也"，原校：以上五字儒學本無。

卷之十四

人倫之變

阮籍知有母而不知有父，雍姬知有父而不知有夫①

　　阮籍聞有子殺母者曰："嘻！殺父乃可也，② 至殺母乎？"
人怪其失言。籍曰："禽獸知母而不知父，殺父，禽獸也；③
殺母，禽獸之不若也。"④ 吾觀阮籍此言，⑤ 甚似安禄山。禄
山每拜，必先妃後帝曰："胡人先母後父。"由是而言殺母者
固不若禽獸，而籍之言則亦夷狄也。籍固賢士，所以至此者，
好奇之過也。士君子立言，要可爲訓耳，⑥ 豈在好奇？辛有

───────────

① 原校：儒學本無四"有"字。
② "也"，原校：儒學本無"也"字。
③ "殺父禽獸也"，原校：五字原本無，從儒學本補。
④ "也"，原校：儒學本無"也"字。
⑤ "言"，原校：儒學本作"語"。
⑥ "爲"上，原校：儒學本有"以"字。

過伊川，① 見有被髮而祭於野者，知其後必爲戎。晉之後有
五胡之亂，則亦以籍輩先爲夷狄之言故也。② 夫籍，中國也，
而與夷狄無異。禄山，夷狄也，而與禽獸無異，其亂一也。
孰謂籍之賢而與禄山並乎？吾又觀鄭伯將使雍糾殺祭仲，雍
姬知之，謂其母曰：“父與夫孰親？”母曰：“人盡夫也。③
父，一而已，胡可比也？”此語與阮籍亦無異。④ 阮籍先母而
後父，姬母知父而不知夫，皆非理也。婦人之義，在家從父，
既嫁從夫。而曰：“人盡夫也。”此何等語？或曰：“當此時，
雍糾欲殺其父，不可以莫之告也。爲姬計則將安出。”⑤ 曰：
“使姬而知義，則宜力諫其夫，⑥ 使辭於君。不可，則涕泣而
道之，而陰諭祭仲使爲備而勿泄也。不亦父夫兩全乎？”⑦ 爲
姬母計者，姬曰：“父與夫孰親？”則答曰：⑧“無親疏。”如
此，則姬必且思而及於吾之所謂計矣。姬母之言，不可以訓。
雖然，以籍之賢，猶入於夷狄而不自知也，⑨ 姬母其何誅？⑩

---

① “過”，原校：儒學本作“適”。
② “以”，原校：儒學本無“以”字。
③ “也”，原校：儒學本作“矣”。
④ “亦”，原校：原本無“亦”字，從儒學本補。
⑤ “將安出”，原校：三字儒學本作“當奈何”。
⑥ “宜”，原校：原本無“亦”字，從儒學本補。
⑦ “父夫”，原校：儒學本作“夫父”。
⑧ “答”，原校：原本無“答”字，從儒學本補。
⑨ “猶”，原校：原本無“猶”字，從儒學本補。
⑩ 原校：原本有“之”字，從儒學本刪，張本有“之”有“二”字。

明皇一日殺三子①

唐明皇一日殺三子，雖大衾長枕，情乎？

王韶在熙河多殺伐

王韶在熙河多殺伐，晚年乃出知洪州，頗多恨悔。栖心空寂，冀有以洗滌之。嘗請佛印元公升座，元知其意，炷香曰："此香奉爲殺人不睜眼上將軍，立地成佛大居士。"於時一衆，莫不稱善。韶聽之，亦悠然意消。後疑心未歇，又問黃龍心老曰："昔未聞道，罪障固多，今聞道矣，罪障滅乎？"心老曰："譬如有人貧時負債，及富而遇債主，其必償乎？否也。"韶曰："必償。"曰："然則雖聞道矣，奈債主不相放耶。"韶自是怏怏不悅，未幾疽發背而卒。古人有曰"病不除根，遇毒還作"，殆韶謂耶？

---

① "一日"，原校：儒學本無"一日"二字。

風鑑類

僧文曉相法①

僧文曉者，以相法自言。予與之語，詰其所得。曉曰："吾法不從人授。②吾少讀《法華經》至第六卷，見吾佛言：若復有人語餘人言：③有《法華經》，可共往聽。是人功德轉身，得與陀羅尼菩薩共生一處，利根智慧。百千萬世，終不瘖瘂，④口氣不臭，舌常無病，口亦無病。齒不垢黑，不黃不疏，亦不缺落，不差不曲。唇不下垂，亦不褰縮，⑤不粗澀，不瘡疹，亦不缺壞，亦不喎斜。不厚不大，亦不鼈黑，無諸可惡。鼻不匾㔸，⑥亦不曲戾。面色不黑，亦不狹長，亦不窊曲，無有一切，不可喜相。唇舌牙齒，悉皆嚴好。鼻修高直，面貌圓滿，眉高而長，額廣平正，人相具足。吾三復玩味，於是得相法焉。"予初駭其言，因戲語曉曰："佛法無妄者，⑦聽《法華經》人，得如是相，好無疑矣。然持此法

---

① "僧文曉相法"，原校：儒學本作"讀法華經得相法"。
② "人"，原校：張本作"教"。
③ "餘"，原校：原本作"予"，從儒學本改。
④ "瘖瘂"，原校：原本作"喀啞"，從儒學本改。
⑤ "褰"，原校：原本作"蹇"，從儒學本改。案今本《法華經》亦作"褰"。
⑥ "㔸"，原校：原本作"邊"，從儒學本改。案今本《法華經》亦作"㔸"。
⑦ "法"，原校：儒學本作"語"。

以往,① 必須見有如此人,乃合此法耳。"② 如吾書中言:"帝堯長,帝舜短;文王長,周公短,仲尼長,子弓短。衛靈臣公孫呂,身七尺、面三尺、廣三尺,鼻目耳具,而名動天下。楚孫敖突禿長左,③ 軒較之下,而以楚伯。葉公子高,短瘠微小,行若將不勝其衣。④ 然白公之亂,定楚國如反掌。徐偃王之狀,目可瞻馬。⑤ 仲尼之狀,⑥ 面如蒙倛。周公之狀,身如斷菑。皋陶之狀,色如削瓜。閎夭之狀,面無見膚。⑦ 傅說之狀,身如植鰭。⑧ 伊尹之狀,面無鬚眉。⑨ 堯、舜參眸子。桀紂長巨姣美,⑩ 筋力越勁,然身死國亡,爲天下大僇。⑪ 如此等人,與《法華經》所說,已是不合,⑫ 爾當以何法相之?⑬ 曉遂無語。⑭ 固知其無術,然能言因讀《法華經》

---

① "持"上,原校:儒學本有"兩"字。

② "乃",原校:儒學本作"方"。

③ "孫",原校:原本無"孫"字,從儒學本補。

④ "將",原校:原本無"將"字,從儒學本補。

⑤ "目",原校:原本誤作"日",從諸本改。"馬",原本作"焉",儒學本同。案宋本《荀子·非相篇》作"馬",據正。

⑥ "尼",原校:原本誤作"兄"字,從諸本改。

⑦ "見",原校:儒學本作"完",張本同,案《荀》作"見"。

⑧ "鰭",原校:儒學本作"鬐",張本同。案《荀子》作"鰭"。

⑨ "鬚眉",原校:二字案《荀子》作"須麋"。

⑩ "桀"上,原校:儒學本有"古者"二字,案此引荀子之文。荀子亦有"古者"二字。

⑪ "大",原校:原本作"之",從儒學本改。

⑫ "已是",原校:儒學本作"是已"。

⑬ "之",原校:原本無"之"字,从儒學本改。

⑭ "遂",原校:原本無"遂"字,從儒學本補。

而得相法，^① 亦可喜。^② 世必有悟此者，但曉非其人耳。因記於此，幾一見云。^③

誅殺類

鮑永誅彭豐等④

予讀《鮑永傳》，永爲魯郡太守時，董憲別將彭豐等千餘人，殘害百姓，不肯下。頃之，孔子闕里無故荆棘自除，從講堂至於里門，永異之，謂府丞及魯令曰："方今危急而闕里自開，^⑤ 斯豈夫子欲令太守行禮，^⑥ 助吾誅無道耶！"乃會衆人修鄉射之禮，^⑦ 請豐等共觀，^⑧ 因此擒之。豐乃持牛酒勞饗，永手格殺豐，因擒破黨與。至今以爲異事。然予竊疑，夫子方無恙之日，^⑨ 伐木於宋，削迹於衛，窮於商周，阸於

---

① "讀"，原校：原本無"讀"字，從儒學本補。

② "喜"，原校：儒學本作"譽"。

③ "云"，原校：原本作"耳"，從儒學本改。抄本此下重"吳處厚相法"一則，原本有小注云："見功過門。"

④ "鮑永誅彭豐等"，原校：儒學本作"傳記夫子神怪"。

⑤ "自"，原校：原本誤作"而"，從儒學本、抄本改。

⑥ "斯"，原校：原本無"斯"字，從儒學本補。

⑦ "人"，原校：儒學本無"人"字。

⑧ "共"，原校：原本作"去"，從儒學本改。

⑨ "與至今以爲異事然予竊疑夫子方無恙"，原校：以上十六儒學本缺十六格。

陳蔡，人以爲是東家丘也。死去數百載，乃時時自出奇怪，①
魯共王欲壞孔子宅，② 以爲宮室。上堂聞金石絲竹之聲，乃
不壞。何生不靈而死靈乎？或者曰："此魯人歲時會孔子宅，
講禮習樂。魯共王適聞其聲，③ 知聖道之盛，故不壞耳，非
有神異之事也。④ 然事在耳目之外，豈可一一以義理懸斷有
無。⑤ 伯有强死，猶能爲鬼，豈大聖之英而與草木俱盡乎？⑥
不然，夫子夢奠之後，⑦ 猶能助誅無道。⑧ 豈請討陳恒習氣猶
在耶？⑨ 予又觀《鍾離意別傳》：意爲魯相，身入廟，拭拂劍
履。⑩ 男子張伯除堂下草，土中得玉璧七枚，伯懷其一，以
六枚白意。意令主簿安置几前，孔訢教授堂下，⑪ 牀首有懸
甕，意召孔訢問："此何甕也？"訢曰："孔子甕也，背有丹
書，⑫ 人不敢發也。"意曰："夫子聖人，其所以遺甕，⑬ 欲示

---

① "時"，原校：原本作"人"，從諸本改。
② "欲"，原校：原本無"欲"字，從儒學本補。
③ "王"，原校：原本無"王"字，從儒學本補。
④ "異"，原校：儒學本作"變"。
⑤ "懸斷"，原校：二字原本無，從儒學本補，抄本作"懸擒"。
⑥ "大"，原校：儒學本作"至"。
⑦ "夫子夢奠之後"，原校：原本作"則孔子魯亡之後"，從儒學本改。
⑧ "誅"上，原校：儒學本有"人"字。
⑨ "恒"，原校：儒學本作"常"。
⑩ "拭拂"，原校：儒學本作"拂拭"。
⑪ "訢"，原校：儒學本作"子"。
⑫ "背"，原校：原本作"皆"，從儒學本改。
⑬ "其"，原校：儒學本無"其"字。

後賢。"因發之，中得素書，文曰："後世修吾書,[①] 董仲舒。護吾車、拭吾履、發吾笥，會稽鍾離意。璧有七,[②] 張伯藏其一。"[③] 此事尤涉神怪，及見王子年《拾遺記》，則云："孔子生之夜，有二蒼龍自天而下，有二神女擎香露於空中，以沐浴徵在。天帝下，奏鈞天之樂，有五老列於庭，則五星之精也。先是有麟吐玉書於闕里,[④] 人家云：'水精之子孫，衰周而素王。'故二龍繞室，五星降庭。徵在以繡紱繫麟角。及夫子將終，抱麟解紱而泣。"[⑤] 據此，則與釋迦佛生時,[⑥] 九龍吐水，帝釋捧盤何異？無乃好事者，欲以神孔子，而反流入於怪歟。[⑦]《抱朴子》則又曰："仲尼《春秋》成，紫微降光。"而《搜神記》亦云："孔子修《春秋》，製《孝經》。既成，齋戒向北斗告備。忽有一虹自天而下,[⑧] 化爲黃玉，刻文，孔子跪而受之。"又何不經如此。[⑨] 至今好古之事,[⑩] 蓋疑者半、信者半，然予聞之《列子》曰："趙襄子率徒十

---

① "修吾書"，原校：三字原本無，從儒學本、抄本補。
② "有七"，原校：二字原本作"七枚"，從儒學本改。
③ "張"，原校：原本無"張"字，從儒學本補。
④ "有"，原校：原本無"有"字，從儒學本補。
⑤ "抱"，原校：原本無"抱"字，從儒學本補。
⑥ "與"，原校：原本無"與"字，從儒學本補。"佛"，原校：原本無"佛"字，從儒學本補。
⑦ "入"，原校：原本無"入"字，從儒學本補。
⑧ "一"，原校：儒學本作"赤"。
⑨ "不經"，原校：二字原本作"其神怪"三字，從儒學本改。
⑩ "今"，原校：原本作"此"，從諸本改。

萬狩於中山，① 藉芿燔林，扇赫百里。② 有一人從石壁中出，隨烟燼上下，③ 衆謂鬼物。火過，徐行而出，若無所經涉者。襄子怪而留之，徐而察之，形色七竅，人也。氣息音聲，④人也。問：'奚道而處石？奚道而入火？'其人曰：'奚物而謂石？奚物而謂火？'襄子曰：'而向之所出者，⑤ 石也；而向之所涉者，火也。'其人曰：'不知也。'魏文侯聞之，謂子夏曰：⑥'彼何人哉？'子夏曰：'以商所聞夫子之言，和者大同於物。物無得傷閡者，游金石，蹈水火，可也。'⑦ 文侯曰：'吾子奚不爲之？'子夏曰：'刳心去智，商未之能。雖然，試語之有暇矣。'文侯曰：'夫子奚不爲之？'子夏曰：'夫子能之，而能不爲也。'"⑧ 予謂夫子不但能之，而能不爲，又能之，而能不語。⑨ 故曰："子不語怪力亂神。"所以奇功異迹，未嘗暫顯。體中之奇妙處，萬不示一。而世之異

---

① "十"上，原校：原本有"數"字，從儒學本刪，案《列子》無"數"字。
② "扇"，原校：原本作"煽"，從儒學本改，案《列子》作"扇"。
③ "燼"，原校：原本無"燼"字，從諸本補，案《列子》有"燼"字。
④ "音聲"，原校：原本作"聲音"，從儒學本改，案《列子》作"音聲"。
⑤ "而"，原校：原本無"而"字，從諸本補。"者"，原校：原木無"者"字，從諸本補。
⑥ "謂"，原校：張本作"問"，案《列子》作"問"。
⑦ "可"上，原校：儒學本有"皆"字。
⑧ "也"上，原校：案《列子》有"者"字。
⑨ "能"，原校：原本作"但"，從儒學本改。

端邪説之士，① 方怪術自神，② 而俗儒者恥夫子之不若也。③
乃始附著奇異之語，④ 又豈知夫子以不語不爲爲能乎?⑤ 觀
《列子》之論，又何其識大體也?

夢寐類

記夢見孔子⑥

予嘗夢至一處殿宇，⑦ 甚嚴，有五人坐其中，⑧ 皆具王者
衣冠。予瞻仰甚久，⑨ 因問彼中之人:⑩ "此皆何人?"答云:
"中坐者孔子，⑪ 左堯、舜，右湯、武也。"⑫ 坐皆並肩，而孔
子差高。予因三嘆古之聖人皆如此堂堂耶。⑬ 時紹興十四年

————————

① 原校:原本"示"在"而"下,從儒學本改。
② "怪",原校:原本"怪"字作"以經"二字,從儒學本改。
③ "之",原校:原本無"之"字,從儒學本補。
④ "著",原校:原本作"晋",從儒學本改。
⑤ "以"上,原校:原本有"所"字,從儒學本删。第二個"爲",原校:原本作
"不",從儒學本改。"乎"上,原校:原本有"者"字,從儒學本删。
⑥ "記夢見孔子",原校:儒學本無"記"字。
⑦ "至",原校:儒學本作"見"。
⑧ "有五人坐其中",原校:六個字儒學本作"有五長人並坐"。
⑨ "甚久",原校:二字儒學本作"久之"。
⑩ "問"上,原校:儒學本有"竊"字。"之",原校:儒學本無"之"字。
⑪ "坐"上,原校:儒學本有"間"字。
⑫ "堯"上,原校:儒學本有"邊"字。"湯"上,原校:儒學本有"邊"字。
⑬ "三"上,原校:儒學本有"再"字。

甲子六月二十四夜也，① 夢中，頗訝孔子坐中間。既寤而思
之，② 遂得其説。予嘗作《孔子論》二篇，③ 一篇爲此設也。

孔子夢周公④

高宗文武皆言夢，⑤ 孔子亦言夢。然孔子特以時無聖人，
傷己道之不行也。⑥ 曰：“周公之不可見，雖夢寐間亦不見
之。”⑦ 蓋嘆之云耳，而或者謂：⑧ 孔子實欲夢見周公，此是
癡人前不得説夢耳。伊川謂：⑨ 孔子夢周公之事，與常人之
夢自別，⑩ 則又夢中説夢也。⑪ 予讀《東軒筆録》，周師厚者，
爲荊湖北路提舉常平，人呼爲“夢見公”，以其姓周也。蒲
宗孟爲湖北察訪使，⑫ 因奏師厚昏不曉事，⑬ 故吏民呼爲“夢

---

① “十四年”上，原校：原本有“中”字，從儒學本、抄本删。“夜”，原校：儒學
本作“日”。“也”上，原校：儒學本有“夜”字。
② “寤”，原校：原本作“悟”，從儒學本改。
③ “二篇”，原校：儒學本無“二篇”兩字。
④ “孔子夢周公”，原校：儒學本作“説夢”。
⑤ “高”，原校：儒學本作“商”。
⑥ “道之”，原校：原本作“之道”，從儒學本改。
⑦ “亦”，原校：儒學本作“尚”。
⑧ “謂”上，原校：儒學本有“便”。
⑨ “伊川”，原校：原本誤作“尹遂”，注云：“伊尹”下更有“闕”文，今無可
考。儒學本作“川乃程伊川也”。據改。
⑩ “夢”上，原校：儒學本有“之”字。
⑪ 原校：“伊尹”下更有闕文，今無可考。
⑫ “蒲”，原校：原本作“周”，從儒學本改。
⑬ “昏”，原校：原本作“皆”，從儒學本改。

見公"。① 師厚竟以此罷去。此乃是夢中又占其夢耶?② 可以一笑。

變化類

宋齊丘食化

陳文壽嘗語余:"人有於庭楹間,鑿池以牧魚者。每鼓琴於池上,即投以餅餌,魚爭食之,如是者屢矣。其後魚但聞琴聲丁丁然,雖不投餅餌,亦莫不跳躍而出。客不知其意餅餌也,以爲瓠巴復生。"予曰:"此正宋齊丘所謂《食化》者。齊丘曰:'庚氏之魚可名策策,辛氏之魚可名堂堂。'如此則庭下之魚,可名丁丁。"文壽大笑。

---

① "公"上,原校:原本有"周"字,從儒學本改。
② "是",原校:原本無"是"字,從儒學本改。

卷之十五

死生類

房琯、婁師德、張文定、蘇東坡知前身①

　　舊説房琯前身爲永禪師，婁師德前身爲遠法師。② 豈世所謂聰明英偉之才者，③ 必自般若中來耶?④ 近世張文定公爲滁州日，⑤ 游琅琊山寺，周行廊廡，至藏院，俯仰久之。忽命左右梯梁間，得經一函。開視，即《楞伽經》也。⑥ 味經首四句偈，遂大悟流涕，知前生事。東坡前身亦具戒和尚。坡嘗言在杭州時，嘗游壽星寺，入門便悟曾到，能言其院後堂殿石處。故詩中有"前生已到"之語，此皆異事。蓋由二

① "房琯、婁師德、張文定、蘇東坡知前身"，原校：儒學本作"自悟前身"。
② "法師"下，原校：儒學本有"公"字。
③ "才"，原校：儒學本作"士"、抄本作"材"。
④ "耶"，原校：原本無"耶"字，從儒學本補。
⑤ "日"，原校：原本作"因"，從儒學本改。
⑥ "伽"，原校：原本作"嚴"，從儒學本改。

公平生學道，性地純一，神觀清淨，於一念頃，遂見前生。予因論此，偶有所感，① 誦白公"手把楊枝臨水坐，閒思往事似前身"之句，② 以太息云。

東坡死生夢幻不能障蔽③

僧惠洪覺範嘗言："東坡言語文字，理性通曉，④ 蓋從《般若》中來。"然嘗恨其窺幻夢如隔霧見月，⑤ 雖老而死者，聖達所不免，譬之晝則有夜，⑥ 而東坡欲白日仙去，⑦ 竟以病而歿。蓋徐師川亦云，⑧ 予以爲不然。坡公胸次，韜藏萬象，洞視八表，視天下萬物，無足以易其樂者。顧常好寫字畫竹，談笑之餘，猶復留意養生。蓋游戲爲之，與道不妨也。⑨ 公詩云：⑩ "平生萬事足，所欠唯一死。"此豈死生夢幻所能障

---

① "偶"，原校：儒學本作"偈"。
② "思"，原校：原本作"知"，從儒學本改。
③ "東坡死生夢幻不能障蔽"，原校：儒學本作"辨惠洪論東坡"。
④ "性"，原校：原本缺"性"字，張本作"作"，從儒學本改。
⑤ "其"，原校：原本無"其"字，從儒學本補。
⑥ "之"，原校：儒學本作"如"。
⑦ "東"，原校：儒學本無"東"字。
⑧ "師川"，原校：原本作"師徐川"，從諸本改。
⑨ "與"，原校：儒學本作"於"。
⑩ "詩"，原校：儒學本無"詩"字。

蔽乎？① 覺範之言，良亦未是。② 然予笑覺範亦自是有癖，常好作詩。陳瑩中以書痛戒之曰：“比丘以寂滅爲事，③ 五十三善知識中，惟法雲等五人可名比丘。④ 彼於行住坐臥，所爲所念，永與世隔。⑤ 公既不忘僧事，直欲追侶先覺，⑥ 則於世間文字，不宜貪著太深。”書數千言，然覺範爲之不衰。惟古之達者，無物非真，無不可以寓其意者。養生、作詩，比之古人結髦蠟屐，⑦ 聊當一戲，亦復何害哉。⑧

鬼神類

鵝鬼、兔鬼

鵝有鬼，兔亦有鬼。《抱朴子》曰：“吳景帝有疾，求覢視者，⑨ 得一人，欲試之。乃殺鵝而埋於苑中，架小屋，⑩ 施

---

① “此”，原校：儒學本無“此”字。“死生”，原校：儒學本作“生死”。“乎”，原校：儒學本無“乎”字。
② “是”，原校：儒學本作“足”。
③ “戒”，原校：儒學本作“誡”。“滅”，原校：儒學本作“默”。
④ “法”，原校：儒學本作“德”。
⑤ “與”，原校：儒學本作“爲”。
⑥ “侶”，原校：儒學本作“侶”。
⑦ “之”，原校：儒學本作“諸”。
⑧ “哉”，原校：儒學本無“哉”字。
⑨ “求覢視者”，原校：四字原本作“覢視之”三字，從儒學本改。
⑩ “架”，原校：原本作“深”，從儒學本、抄本改。

牀几，以婦人屣履服物著其上。① 乃使覘視之，告曰：'若能說此家中鬼婦人形狀者，當加賞而即信矣。'② 竟日盡夕無言，③ 帝推問之急，乃曰：'實不見有鬼，但見一頭白鵝立墓上，所以不即白。'然則鵝死亦有鬼也。"《稽神録》云："楊邁好田獵，④ 放鷹於野，見草中一兔，搏之，無有。如是者三，即芟草求之，⑤ 得兔骨一具，兔之鬼也。"⑥ 鵝有鬼，兔有鬼，⑦ 而阮瞻作《無鬼論》。⑧

花木類

南地花木，北地所無⑨

南中花木有北地所無者，茉莉花、含笑花、闍提花、鷹爪

---

① "屣"，原校：儒學本作"屧"。"服物"，原校：二字儒學本無。

② "當"，原校：原本無"當"字，從儒學本補。

③ "盡夕"，原校：二字原本無，從儒學本補。

④ "好"，原校：原本無"好"字，從儒學本補。

⑤ "芟"，原校：原本作"其"，從儒學本改。"草"上，原校：原本有"而"字，從儒學本刪。

⑥ "鬼"上，原校：原本有"有"字，從儒學本刪。

⑦ "有"上，原校：原本有"亦"字，從儒學本刪。

⑧ 原校：原本旁注："闕字，諸本無，從刪。"

⑨ "南地花木北地所無"，原校：儒學本作"論南中花卉"。

花之類。① 以性皆畏寒，故茉莉唯六月六日種者尤盛。② 含笑有大小。小含笑有四時花，③ 然惟夏中最盛。④ 又有紫含笑，香猶酷烈。⑤ 茉莉、含笑，皆以日西入，稍陰，則花開。初開香尤撲鼻。⑥ 予山居無事，每晚涼坐山亭中，⑦ 忽聞香風一陣，滿室郁然，知是含笑開矣。闍提花微似栀子，香而色雪白。鷹爪花亦謂之鷹爪含笑，香亦不減。閩、廣市中，⑧ 婦女喜簪茉莉，東坡所謂"暗麝著人"者也。製龍涎香者，無素馨花，多以茉莉代之。⑨ 鄭德素侍其父，將漕廣中，⑩ 能言廣中事。云"素馨唯蕃巷種者，尤香，⑪ 恐亦別有法耳。龍涎以得蕃巷花爲正"。云："近日浙中好事家，⑫ 亦時有茉莉、素馨，⑬ 皆閩商轉海而至。"⑭ 然非土地所宜，終亦不盛。⑮

---

① "鷹爪"，原校：二字原本作"渠那異"三字，從儒學本改，下同。
② "盛"，原校：儒學本作"茂"。
③ "有"，原校：儒學本無"有"字。
④ "然"，原校：原本無"然"字，從儒學本改。
⑤ "香猶酷烈"，原校：四字原本在"小含笑"下，從儒學本改。
⑥ "尤"，原校：原本作"猶"，從儒學本改。
⑦ "山"，原校：儒學本作"小"。
⑧ "亦謂之鷹爪含笑香亦不減閩廣"，原校：以上十三字原本作"雖不香，然亦可愛，花開黃而"十一字，從儒學本改。
⑨ "製龍涎香者無素馨花多以茉莉代之"，原校：以上十五字儒學本無。
⑩ "將"，原校：原本無"將"字，從儒學本補。
⑪ "香"下，原校：儒學本有"也"字，其下十六字無。
⑫ "家"，原校：原本作"者"，從儒學本改。
⑬ "素馨"，原校：二字原本無，從儒學本補。
⑭ "海"，原校：原本作"移"，從儒學本改。
⑮ "亦不"，原校：二字儒學本作"不能"。

蟲魚類

王荆公"通應子魚"之誤①

泉州有通應侯廟，其下臨海，出子魚甚美。世呼"通應子魚"者，記所出也。荆公詩遂誤用，謂"長魚俎上通三印"，東坡又以"通印子魚"對"披綿黃雀"。此皆是傳聞之誤。孟子譏"緣木求魚"者，以其無有也。而范蜀公言："蜀中實有一種魚在樹上，②聲如嬰兒啼，③其名'鮒魚'。"④此則孟子亦有未聞者也。⑤荀子曰："蟹六跪而二螯。"然蟹實八跪，方知蔡謨不識蟛蜞，未足多笑。

山川類

司馬遷、班固言河出昆侖⑥

司馬遷、班固按《禹本紀》言："河出昆侖，高二千五

---

① "王荆公通應子魚之誤"，原校：儒學本作"通應子魚"。
② "蜀"上，原校：原本有"按"字，從儒學本刪。
③ "嬰"，原校：原本作"女"，從儒學本改。
④ "鮒"，原校：原本作"鮋"，從儒學本改。
⑤ "也"，原校：儒學本作"矣"。
⑥ "昆侖"，原校：儒學本作"昆侖山"。

百餘里，日月所相隱避爲光明也。"而《張騫傳》言："漢使窮河源，其山多玉石，采來。天子按河所出，[①] 山名昆侖。"予以佛書考之，"河出昆侖"者，此即雪山。而所謂昆侖者，自須彌山也。[②] 佛書説：有四天下，東弗於代，[③] 西瞿耶尼，南閻浮提，北鬱單越，雪山在中天竺國，正當南閻浮提之中。山最高，頂有池，名阿耨達池。[④] 池中有水，號八功德水，分派而出，遂有青黃赤白之異。[⑤] 今黃河，蓋其一派也。須彌山又在四天下之中，山頂名忉利天，四天王所居。山如腰鼓，當山腰，日月圈繞，照四天下，更爲晝夜。此《禹本紀》所謂"日月所相隱避爲光明者也"。[⑥] 此四天下之外，乃有大鐵圍山、小鐵圍山圍焉，[⑦] 是謂一世界。《禹本紀》蓋得其仿佛。然方佛書未來時，古之達者已知此矣。遷固且言："自張騫使大夏之後，窮河源，烏睹所謂昆侖者？"此是未知昆侖山所在耳，"河所出"與"日月所相隱避處"，本是二山，要當以佛書爲證。[⑧]

---

① "天"上，原校：原本衍"獻"字，從儒學本刪。

② "自"，原校：抄本作"是"。

③ "代"，原校：原本作"伐"，從諸本改。

④ "達"，原校：原本無"達"字，從儒學本補。

⑤ "出遂"，原校：二字原本無，從儒學本補。"異"下，原校：原本有"色"字，從儒學本刪。

⑥ "所"，原校：原本無"所"字，從儒學本補。

⑦ "小鐵圍山"，原校：四字原本無，從儒學本補。

⑧ "二山要當"，原校：四字原本作"在山腰焉"，從儒學本改，"二山"兩字抄本、張本同。

古迹類

姑蘇遺迹①

姑蘇靈巖寺，本吳王別館，寺有西施洞、采香徑、響屧廊，遺迹甚多。然但名存耳，人云：廊之移易屢矣。予游靈巖寺，有詩云："山僧不好古，改作任所欲。洞荒徑已迷，廊空響誰續。"蓋謂此也。凡所在古迹，近僧寺處，必經改易。意恐過客尋訪，憚於陪接耳。歐陽嘗嘆："庶子泉，昔爲流溪，今山僧填爲平地，起屋其上。②問其泉，則指一井，曰：'此庶子泉也。'"以此知山僧不好古，其來久矣。③

蘇子美滄浪亭④

蘇子美居姑蘇，買水石作滄浪亭。歐公以詩寄題，有云："荒灣野水氣象古，高林翠阜相回環。"此兩句最爲著題。⑤

---

① "姑蘇遺迹"，原校：儒學本作"西施洞庶子泉爲僧改易"。
② "其"上，原校：儒學本有"於"字。
③ "久"，原校：原本作"尚"，從儒學本改。
④ "蘇子美滄浪亭"，原校：儒學本作"題滄浪亭"。
⑤ "爲"，原校：原本無"爲"字，從儒學本補。

予嘗訪其遺迹，地經兵火，已易數主矣。今屬韓郡王府，[①]亭非舊創也。[②] 然荒灣野水，高林翠阜，猶可想像當時景物。予每至其上，裴徊不能去。因思古人"柳塘春水漫"與"池塘生春草"之句，[③] 似專爲此亭設也，非意到目見，不知其妙。予嘗有《游西園》詩，戲述其事，其卒章云："不到滄浪亭上望，那知此語是天成。"蓋謂此也。[④]

拾遺類

真龍虎、真豪傑[⑤]

虎中自有真虎，龍中自有真龍。真虎不可射，其見射於裴旻者，非真虎也。真龍不可豢，其見豢於劉累者，非真龍也。惟士亦然。孟子曰："待文王而後興者，凡民也。若夫豪傑之士，雖無文王猶興。"故士中自有真豪傑不可困，其困於文墨者，非真豪傑也。

---

① "王"上，原校：原本有"蕲"字，從儒學本删。"府"，原校：原本作"家"，從儒學本改。

② "舊"，原校：原本作"古"，從儒學本改。

③ "與"，原校：原本無"與"，有"花塢夕陽遲"一句，從儒學本删改。

④ "蓋謂此也"，原校：四字原本無，從諸本補。

⑤ "真龍虎真豪傑"，原校：儒學本作"士有真豪傑"。

東坡、劉景文語①

東坡嘗與劉景文語："'一則仲父，二則仲父'，當以何對？"景文答俗諺："千不如人，萬不如人。"坡首肯之。予以爲不如對成"成也蕭何，敗也蕭何"，此亦俗諺也。

東坡言靜②

東陂嘗言"靜似嬾，達似放"，予以爲"拙亦似嬾，俗亦似放"。

孟嘉、李白酒趣③

孟嘉、李白皆謂"酒中有趣"，而世少有知之者。予愛韓退之詩云："所以欲得酒，④爲文俟其醺。酒味既冷冽，酒氣又氤氳。性情漸浩浩，諧笑方云云。此誠得酒趣，⑤此外

---

① "東坡劉景文語"，原校：儒學本作"東坡與劉景文屬對"。
② "東坡言靜"，原校：儒學本作"靜似懶，達似放"。
③ "孟嘉李白酒趣"，原校：儒學本作"酒中趣"。
④ "愛"，原校：儒學本"愛"字作"嘗舉"二字。"之"，原校：原本叠"之"字，從儒學本删。
⑤ "趣"，原校：案宋本韓集作"意"。

徒繽紛。" 只此八句,① 便道盡酒中情狀,② 然又嘗恨其漏泄天機。此趣豈容世間得聞?③ 以此知杜子美之《咏八仙》,猶是未得酒中之趣。④

酒樓主人敬慕石曼卿、劉潛⑤

石曼卿、劉潛嘗會飲於京師酒樓。主人知其賢,特爲供設美酒嘉殽,終日不倦。既暮,主人具筆研,請題名願與其列。劉石不得已,⑥ 相顧曰:"捧研可也。"予往過永興,⑦ 造一人家園中,⑧ 坐池亭上,梁間有題名,其末云:"主人乞書字。"⑨ 予顧謂同行者曰:"此'乞書'字便可對'捧研'也。"聞者亦笑。⑩

---

① "只",原校:原本無"只"字,從儒學本改。
② "狀",原校:儒學本作"態"。
③ "間",原校:儒學本作"人"。
④ "猶是未得酒中之趣",原校:八字儒學本作"猶是酒語"四字。
⑤ "酒樓主人敬慕石曼卿、劉潛",原校:儒學本作"酒樓捧硯池亭乞書"。
⑥ "劉石",原校:原本作"劉潛石曼卿",從儒學本刪。
⑦ "興",原校:儒學本作"加",疑當作"嘉"。
⑧ "一",原校:儒學本"一"字空闕。"園中",原校:二字原本作"園",從儒學本改。
⑨ "字",原校:儒學本無"字"字。
⑩ "亦",原校:儒學本作"大"。

補　遺

言語忠厚①

章子厚嘗言："饑時遇不相識，亦須索飯；飽後見爺亦不拜。"此最害理。子厚寧以一飽而遂忘其父乎？不似范文正公善言饑飽。公嘗監泰州西溪鹽場，西溪素多蚊蚋，作詩曰："飽去櫻桃重，饑來柳絮輕。但知求早替，不要問前程。"雖片言亦自有忠厚之氣。

論硯發墨

予聞之歙人曰："佳硯石，如側紋板旁有牆壁者，佳石也。"其人因出一眉子硯相示，四邊若蜂窠然。予遂問："硯之'發墨'者，以何爲驗？"其人曰："硯之'發墨'

---

① 原校：以下五則從儒學警悟本抄補。

者，謂石之精潤，能發墨之光華爾。只如此硯，雖經年不
滌。舊墨塵積，但磨新墨用之，愈見光彩。如此方名‘發
墨’。若凡硯不去舊墨，則敗腐不堪用矣。”其言頗有理。
然予見歐蘇諸公所論發墨，與此似異。故遂記之，以廣
所聞。

文人相譏

東坡《醉白堂記》，荊公謂是韓白優劣論；而荊公《虔
州州學記》，東坡亦謂之學校策；范文正公《岳陽樓記》，或
者又曰：此傳奇體也。文人相譏，蓋自古而然。退之《畫
記》，或謂與甲乙帳無異；樂天《長恨歌》曰：“上窮碧落下
黃泉，兩處茫茫尋不見。”當是《目蓮救母》辭爾。近柳屯
田云：“楊柳岸、曉風殘月。”最是得意句，而議者鄙之曰：
“此梢子野渡時節也。”尤爲可笑。

悟百丈不昧因果

予讀百丈語録。百丈凡參次，有一老人常隨衆聽法。衆人
退，老人亦退。忽一日不退。百丈遂問：“而前立者，復是何
人？”老人曰：“某甲，非人也。於過去迦葉佛時，曾住此山。

因學人問：'大修行底人還底人還落因果也無？'① 某甲對云：'不落因果。'遂五百生墜野狐身。今請和尚，代一轉語，責脫野狐身。"遂問："大修行底人，還落因果也無？"百丈云："不昧因果。"老人因此於言下大悟。遂作禮云："某甲已脫野狐身。"至今林下人商量，謂不昧因果，勝如不落因果，以此一字便救得野狐身。又觀百丈既領衆葬野狐。意至晚上堂，舉前因緣。黃蘗使問："古人錯柢對一轉語，墜五百生野狐。轉轉不錯，合作個什麼。"百丈云："近前來，與汝道。"蘗遂近前，與師一掌。百丈拍手笑曰："將謂胡鬚赤，更有赤鬚胡。"林下人又商量："百丈到這裏不免輸黃蘗一籌。"予以爲不然。此皆是未悟時見解也。使老人若悟，則不落因果、不昧因果，總皆道德不錯。使林下人若悟，則黃蘗一掌，合有人知痛在？

王右丞畫《渡水羅漢》

王右丞作《雪裏芭蕉》，蓋是戲弄翰墨，不顧寒暑。今世傳右丞所畫《渡水羅漢》，亦是意也。而山谷云："阿羅皆具神通，何至拖泥帶水如此？使右丞作羅漢畫如此，何處有王右丞耶？"山谷意以爲右丞當畫羅漢，不當作羅漢渡水也。然予觀韓子蒼《題孫子邵王摩詰渡水羅漢》詩云："問渠褰

---

① "底人還"，原校：叠三字，疑衍。

裳欲何往？蒼惶徒以滄江上。至人入水固不濡，何以有此恐
怖狀？我知摩詰意未真，欲以筆端調世人。此水此渡俱非實，
摩詰亦未嘗下筆。"以此觀之，古人作畫，自有指趣，不知山
谷何爲作此語，豈猶未能玩意筆墨之外耶？

夏敬觀跋

　　右《捫虱新話》十五卷，宋陳善撰。史繩祖《學齋佔畢》稱三山陳子兼善著《捫虱新話》。張端義《貴耳集》稱秋塘陳敬甫善有《雪蓬夜話》三卷，淳熙間一豪士。俞文豹《吹劍錄》亦引其詩，蓋南宋初學人也。《雪蓬夜話》未有傳本。是書初名《窗間紀聞》，見陳益序。陳振孫《書錄解題》載《窗間紀聞》一卷，陳子兼撰，疑即錢曾《讀書敏求記》所載不分卷本，所自出《宋史·藝文志》，作八卷。今《儒學警悟》本列三十二卷至三十九卷，凡八卷，與《宋志》合。明毛氏汲古閣刊十五卷分類本，與《敏求記》所稱影宋標題《捫溪先生捫虱新話》者同出一源，殆爲元人所分類析卷歟。蓋毛刻於《帝王文章富貴氣象》標目作《宋太祖皇帝詩語雄捷》，《本朝文亦三變》作《唐宋文章皆三變》，而舊抄《捫溪先生捫虱新話》其標目亦作《唐宋文章三變》，殊不類宋人稱謂。明萬歷張可大、沈元熙刊本分四卷，其次第悉如毛刻，則又從分類本改並者也。四庫著錄，列此書於存目，以其大旨推王荊公爲宗主，於宋人詆歐陽永叔、蘇氏父

196

子，楊中立、陳東、歐陽澈疑爲紹述餘黨之子孫。其實善評論學術文章於荆公、歐蘇均有褒有貶。其記太學生陳東、歐陽澈、黃作、詹淵，則爲《儒學警悟》本標目所無，非善所記可知。不知分類本何由竄入？惜提要未睹宋本，徒加善一罪案耳。至記"潛王伐燕，孟子誤以爲宣王"一則，實有謬誤。提要轉未議及考孟子"齊人伐燕取之"爲一章，在《梁惠王》篇，此《史記·燕世家》所云"易王初立，齊宣王因燕喪伐我，取十城，蘇秦説齊，使復歸燕十城"者是也。"沈同以其私問曰"又爲一章。在《公孫丑》篇，無一字及宣王固潛王時事。史遷所記與孟子符合，善蓋誤讀孟子也。

是本得江陰繆藝風先生之助。借校《儒學警悟》本，其舊抄《朝溪先生捫虱新話》，藝風已先校寫於張可大本，並獲過録，因從《儒學警悟》補五則，並陳益、張諫兩序、善兩自跋。毛本二則混合爲一者，一處一則，分列爲二者二處。他書竄入者，一則改正，則適爲二百則，與善自跋吻合。儒學本卷二及卷六均有脱葉，缺《郭璋截君角》《歐公詩仿韓退之》《木睁杖歌孔子老子皆是菩薩》《鍾會王徽之會禪》《徐邈中聖人》《王韶悔殺伐》《牧魚投餌》七則，因注於目並詳其次第焉。

己未新建夏敬觀跋。

附　錄

一、（日本）靜嘉堂文庫藏明刊本
《潮溪先生捫虱新話》十五卷無名序

陳善字子兼，福州羅源縣人。玉温（二字未詳）天資穎悟，九齡能暗通五經，甫弱冠游郡庠，泮教得其所爲文，大驚異之，曰："崔蔡不足多也。"時閩文學甲他郡。歲大比，試者至十萬人，子兼獨步稱雄場屋中，名震一時，老師巨儒，皆爲之傾動。紹興間爲太學生，所與游者，天下名士。時秦檜當國，子兼慷慨言論，慕何蕃陳東之人，嘗力詆和議爲非是，不徇俗俯仰浮湛。有司心雅子兼，畏權臣，卒不敢取，以是不屑效一官。子兼亦不以得喪喜戚動其心，拂衣竟歸，杜門讀書。自孔孟氏至子史百家、佛老、陰陽、卜筮、農圃之説，無不精詣。或焚香默坐，日不出户，無几微見於顏面，宦情世故淡如也。所居有小溪，與潮合流，因自號曰潮溪。所著書，詩文甚多，經殘毁散逸，惟《捫虱新話》行於世。子兼嘗墮圍城中，有談《新話》者，子兼因與謂言，而不知其爲子兼也，遂得脫。然此特其小小者耳。若子兼之所□，[1]彼惡知之，彼惡知之！

二、黃丕烈《士禮居藏書題跋記》跋

《潮溪先生捫虱新話》十五卷（明刊本）

此《捫虱新話》三本，余得諸書友處，取其尚是明代舊刻，因收之。隨取《津逮》中本，略爲對勘，亦覺此刻居前，稍勝毛本，而《潮溪先生小傳》惟此猶存，洵善本也。

余考《敏求記》所載云，有二本，其一是影宋本，標題云《朝溪先生捫虱新話》，釐爲十五卷。今檢此標題，獨多"朝溪先生"四字，而毛刻猶無，殆自宋本翻雕乎？嘉慶二年歲在丁巳秋日，書於讀未見書齋。黃丕烈。

述古所藏，向有二本，一是宋抄本，不分卷帙，末有羅源陳善子兼跋云"丙寅歲，余由海道將抵行在所"云。戊辰秋，余觀書濂溪坊蔣氏，見所謂宋抄者，果與述古所藏合，而子兼之跋較《敏求記》所載爲詳，此書余友秋塘張君爲余借出，因得見之，遂囑其校於此冊上。陳跋及所多二則，用別紙錄之，附考焉。本書甚古雅，宋抄之説，茲所校者，皆

---

① □，原文脱。

秋塘筆，余未及親校也。秋塘近始檢還，因記。庚午夏五月十九坐雨書。復翁。

此宋抄本蔣韻濤故後已經散失，然巧爲余友蔣懷堂所收，一蔣失而一蔣得，倘容借閱，仍可手自讎校一過。秋塘已於昨歲化去，後韻濤歿焉，而余年較兩君尚小，幸而獨留，藏書之家，識古之友亦漸少矣。丁丑夏，張訒庵借校，因其還書而書此。復翁。

後從訒庵借其手校宋抄本覆勘一過，其書一百則，通作一卷，不分類，無子目，訒庵一一跋出，因照臨於此。丁丑秋白露前四日記。復翁。

三、傅增湘《藏園群書經眼錄》跋
《新刊朝溪先生捫虱新話》十五卷

舊寫本，似明末。十行十六字。分經、史、子、讀書、詩文等門類，每類下注明凡若干條，每段標題上記前話、後話等字，下注數目一二字。

鈐有"汲古主人"，"毛晉"等印，又有"夢魚校讀"腰圓印。書衣上有木記，錄如下："看書爺台萬勿撕書，並向書上胡亂寫字，君子自重。河道門路北半雅軒謹白。"已收。癸亥。

四、《儒學警悟》影印説明①

本書所收《捫虱新話》分上下兩集，上集四卷一百則，下集亦四卷一百則，全書凡八卷二百則，陳善撰。陳善字子兼，福州羅源人。本書前有其門人陳益的序，後有陳善的後序及張諫的跋。從陳益的序中，我們可以知道，本書上集曾單行，稱《窗間紀聞》。陳振孫《直齋書録解題》著録了這部書：

《窗間紀聞》一卷，稱陳子兼撰，未知何人。雜論詩文經傳，亦間述所聞事。

其時，陳善只是個鄉間老儒，難怪陳振孫“未知何人”了。過了幾年，陳善又寫了一百則，於是合前一百則並爲一書，改稱《捫虱新話》，前者稱上集，後者稱下集，故陳益説：“其曰《窗間紀聞》者，先生嘗易以今名《捫虱新話》云。”不幸，此書在流傳過程中被改得面目全非，較通行的十五卷本把全書分成了四十九類，即：

經類、史類、子類、讀書類、解義類、文章類、文才類、詩類、詩文類、詩詞類、詩四六類、詞曲類、書畫類、識類、

---

① 《儒學警悟》共收書六種，即《石林燕語辨》十卷、《演繁露》六卷、《嫩真子録》五卷、《考古編》十卷、《捫虱新話》八卷、《瑩雪叢説》二卷，共四十一卷。本書據儒學警悟本僅摘録影印説明中《捫虱新話》這一部分的内容。

聖賢類、異端類、儒釋類、老氏類、佛氏類、佛老類、神仙類、學校類、用人類、設官類、立法類、人才類、人事類、事機類、功過類、見識類、權變類、知己類、結交類、朋黨類、忠義類、奸佞類、戲謔類、人倫之變、風鑑類、誅殺類、夢寐類、變化類、死生類、鬼神類、花木類、蟲魚類、山川類、古迹類、拾遺類。

其中，詩詞、詩四六、異端、儒釋、佛老、用人、設官、事機、知己、結交、朋黨、忠義、戲謔、風鑑、誅殺、變化、鬼神、花木、蟲魚、山川凡二十類，每類只有一條。有的條目，如"詩四六類"《文體爲詩四六》，全文只有"以文體爲詩自退之始，以文體爲四六自歐公始"凡十九字，十九個字即歸爲一類，足見其分類之瑣碎和漫無章法。這種作法，大大使原書失去了本來面目。幸本書所收《捫虱新話》未遭冬烘先生"改造"，且序跋具全，允稱善本。

中華書局影印編輯室一九九九年九月九日